武士

剣客相談人6

森詠

時代小説

二見時代小説文庫

目次

第一話　おとしまえ　7
第二話　夜の武士《もののふ》　168
第三話　遺恨　254

夜の武士《もののふ》——剣客相談人6

第一話　おとしまえ

一

暑い。蒸し蒸しする暑さだ。

梅雨《つゆ》だというのに、雨らしい雨はほとんど降らない。

若月丹波守清胤《わかつきたんばのかみきよつぐ》改め大館文史郎《おおだてぶんしろう》は、大勢の門弟たちの稽古に混じり、暑さを振り払おうと、竹刀《しない》打ち込み稽古を行なっていた。

文史郎が受け手として相手をしている若者は、どこかの藩の要路の息子とかいう話だった。

剣術には上士《じようし》も下士《かし》もない。

若者も元気だけが取り柄《え》の荒武者で、ただ道場主である美貌の弥生《やよい》に惹《ひ》かれて入門したらしい。熱心に道場に通ってくるが、あまり剣の才を感じさせない若者だった。

文史郎は適当に若者の竹刀をあしらいながら、そろそろ稽古を切り上げようとしていた。

武者窓から、外の風はそよとも入って来ない。

「胴ッ」

打ち手の若者は気合いもろとも、竹刀を打ち込んできた。文史郎は竹刀を叩いて切り落とし、一歩踏み込みながら相手の面を打つ。

一瞬遅れて相手の竹刀が文史郎の胴を抜いた。

文史郎は相手の体当たりを受けとめ、突き飛ばして残心《ざんしん》に入る。

「そこまで」

文史郎は手で制し、相手に稽古の終わりを告げた。

「先生、ありがとうございましたッ」

相手はほっとした声で、後退《あとじさ》り、竹刀を納めた。しきりに肩で息をしている。

若者は文史郎に一礼し、そそくさと壁ぎわへ引き上げて座り込んだ。

文史郎もゆっくりと壁ぎわに戻って床に正座し、面の紐を解いた。

道場の中は稽古に励む門弟たちの汗の臭いや体臭で、むせ返るようだった。

面を脱ぎ、手拭いで、顔や首筋の汗を拭った。

師範代の武田広之進《たけだひろのしん》が、門弟たちの稽古を見て回り、あれこれと注意を与えている。

道場の天井に、弥生の一際甲《かん》高い気合いが響き、激しく竹刀を打ち合う音が聞こえた。

弥生は門弟の一人と、打ち込み稽古をしている。

「稽古やめ！ 本日はこれまで！」

師範代の武田広之進が頃合いを見計らって声を張り上げた。

目の前で稽古をしていた大門甚兵衛《だいもんじんべえ》が、相手の胴を叩き、残心に入った。

「よしッ。だいぶよくなったぞ」

「ありがとうございます」

相手の門弟が喜びの声を上げた。

大門は門弟と礼を交わし、引き上げて来た。

「いやああ、暑いですなあ」

大門は文史郎の隣に座り、面を脱いだ。鍾馗《しょうき》様のように生えた黒髯の顔から湯気が立っている。

「殿、それにしても、門弟が増えましたなあ」

大門は道場一杯に拡がって稽古をしている門弟たちを見回した。壁際には、稽古待ちの門弟たちがずらりと並んで、稽古の様子を眺めている。その数、八、九十人。狭い道場に入りきれない入門希望者は、近くの空き地や稲荷神社の境内で、先輩の門弟たちに指導されて素振りをしている。

入門希望者を捌《さば》くのに師範代の武田広之進をはじめ、道場の四天王と称される門弟たちも駆り出され、てんてこ舞いをしていた。

文史郎も見回しながら、うなずいた。

「うむ。盛んなことはなにより」

「これも、女道場主弥生殿の魅力ですなあ」

大門のいう通りだった。

大瀧《おおたき》道場は道場主の大瀧左近《さこん》が亡くなったあと、左近の一人娘の弥生が後を継いだ。美人の女剣客が道場主に就いたという噂が江戸中に広まり、大勢の武家の若者たちだけでなく、護身術として武芸を習おうという町家《まちや》の娘や町人たちがどっと押し寄せたのだ。

その弥生が稽古相手と挨拶を交わし、文史郎の傍の席に戻って座った。

弥生は正座し、面を脱いだ。面の下から、上気して、ほんのりと頬を赤く染めた弥生の顔が現れた。

長い黒髪をひっつめにして、男のように後ろで結っている。

ほつれ毛が額に貼り付いていた。弥生は恥じらうようにほつれ毛を指で掻き上げた。

なんと美しいのだ。

文史郎は思わず、弥生の楚々とした仕草や、初々《ういうい》しさに見惚れた。大門も目を細め、頬髯を撫でながら、弥生に見取れていた。

弥生は二人の視線に気付いて、少しばかりはにかみながら頭の手拭いを解いた。

弥生は上目遣いに文史郎と大門を見た。

「それがしの顔に何かついていますか？」

「いや、何も」

文史郎は慌てて目を逸《そ》らした。いけない、と思いながらも、つい弥生に女を感じてしまう。

「弥生殿は、美人ですなあ。つい見惚れてしまう」

大門も手拭いで顔の汗を拭いながらいった。

「大門様は、それがしを、いつも女としてしか見ていないのですね」

弥生は大門を黒目勝ちな瞳できっと睨んだ。大門は頬を崩した。

「弥生殿は、怒った顔も美しいですなあ」

「まあ」

弥生は文史郎にちらりと流し目をし、顔を赤らめた。

「大門、おぬしは正直でよろしい」

文史郎は頭を振った。

大門に比べ、自分はどうして正直になれないのだろうか、と文史郎はいつも思う。

「殿、左衛門《さえもん》殿がお見えですよ」

弥生が文史郎にいった。

道場の玄関先の式台《しきだい》に、左衛門の姿が現れた。

左衛門は文史郎に手を上げ、草履《ぞうり》を脱いで式台に上がった。左衛門は道場に入ると正面の神棚に一礼し、すぐさま文史郎の前に歩み寄った。

「爺、何事かの」

「口入れ屋の権兵衛《ごんべえ》殿が、至急に相談いたしたいとのことです。ぜひとも、相談人にお願いしたいお仕事がある、とのよしにございます」

「仕事ですか？」

弥生が顔をしかめた。左衛門は顔を綻《ほころ》ばせた。

「はい。弥生殿、このところ、看板は出したものの、世の中不景気で、相談がとんとありませんでしてな。ま、商売というのも変ですが、商売上がったりでした。今回の仕事がうまくいけば、ひとまず、それがしたちもほっと一息つけましょう」

　弥生は文史郎に向いた。

「文史郎様、道場の顧問をしていただく以上、それなりの謝礼というか、給金を支払わせていただくつもりですので、相談人のお仕事をなさらずとも……」

「ありがとう。だが、顧問といっても、いまのところ、なんのお役にも立っておらぬので、心苦しいのでな」

「何を申されます、文史郎様。道場がこんなに流行《はや》ることになったのも、それがしの力だけでなく、お殿様や大門様、左衛門様の御加勢があってのこと。おかげさまで、このように入門者が詰め掛けております。台所事情もだいぶよくなっておりましょう。どうぞ、門弟たちに稽古をつけるだけで、ほかに何もなさらずとも……」

「弥生殿の御好意には感謝いたそう。だが、それがしたちがやっておる相談人は、一種の道楽と申すか、人助け。確かにお金を多少はいただくが、それはそれがしたちも生活があるのでな」

　文史郎は優しく断った。大門が脇から口添えした。

「困った人がいれば、どこへでも飛んで行き、助けるのがそれがしたちの役目でござってな」

大門は顎の髯をしごいた。

弥生は尊敬の眼差しで、文史郎や大門を見つめた。

「そうですか。人助けとなれば、ぜひもない。それがしも相談人のお仲間に加えていただけませぬか？」

文史郎は左衛門や大門と顔を見合わせた。

大門が真っ先にうなずいた。

「どうぞどうぞ。弥生殿が相談人に加わるとなると、これは楽しい。殿、いいでしょう？」

左衛門が頭を左右に振った。

「殿、爺は反対でござるぞ。相談人は女子《おなご》には向かぬ商売」

「左衛門殿、そう堅いことを申すな。いいではないか。弥生殿が加わるだけで、仕事が楽しくなる。のう、殿」

大門はにやけた顔でいった。

左衛門は憤然といった。

「殿、たとえ、人助けといいえ、多少とも依頼人からお金を貰う以上商売でござる。引き受けた仕事の責任もありましょう。それがしたちのような職のない浪人稼業ならば、腹をかっさばいて責任を取ることはできますが、れっきとした正業《なりわい》である道場主の弥生殿に、それは無理でござろう」

「どうして、ですか？」

弥生は憤然とした。左衛門は弥生を宥《なだ》めるようにいった。

「なにも弥生殿に責任が取れぬという意味でいったのではない。もし、万が一、責任を取れとなった場合、それがしたちは腹かっ切っれば済むが、弥生殿の場合そうはいかない。弥生殿がいての道場ですぞ。道場主がいない、となったら、ここにおる大勢の門弟たちはどうするのです。だから、爺は反対でござる」

左衛門は稽古している門弟たちを見回した。

文史郎は腕組みをした。

女子とはいえ、剣の達人の弥生を相談人に加えて、別に差し障りはないように思う。

だが、左衛門がいうことにも一理あった。

確かに剣客相談人は女子には向かない仕事だ。斬った張ったの世界に、女子の弥生を誘い込むのは気が進まなかった。

それに、相談の中には、弥生に聞かせたくないものもある。純粋無垢《むく》な弥生を、世間の悪にあまり曝《さら》したくない。弥生には、いまのままでいてほしかった。

文史郎は頭を振りながらいった。

「だめだな。弥生、おぬしを入れるわけにはいかぬ。これも、おぬしのことを大事に思うがためだ」

「それがしを大事に思うためと申されますか」

弥生は濡れた目で、文史郎を見つめた。

文史郎は、いかん、と思った。弥生は大事に思うという意味を取り違えたかもしれぬ。

大門が相槌《あいづち》を打った。

「ううむ。考えてみれば、殿がおっしゃるように、大事な弥生殿を無闇に面倒な事件に巻き込むのも気が引けるのう。御免、拙者の前言撤回いたす。弥生殿、やはり拙者も安易に、おぬしを引き込むのは、いかんと思う」

「……分かりました」

弥生は晴れ晴れとした顔でいった。

「残念ですが、相談人に入れていただくことはあきらめます。でも、もし、お手伝いできることがありましたら、お申し付けください。いつでも、それがし、お手伝いいたします」

「そのときは、頼む」

文史郎はうなずいた。左衛門も、それには文句をつけなかった。

大門だけは少しばかり不満そうだったが、すぐにあきらめたようにいった。

「殿、では、権兵衛のところへ行ってみましょうか」

二

「ようこそ。お待ちしておりました」

口入れ屋の権兵衛は両手を揉《も》むようにしながら文史郎や大門、左衛門を迎えた。

文史郎たちは、店《たな》の内所《ないしょ》の奥の座敷に通された。文史郎は座布団に座った。

いつもの下女が盆に載せたお茶を運んで来た。極上の玉露《ぎょくろ》の薫りが鼻孔をくすぐった。

文史郎は茶を啜《すす》った。

甘さのある渋みが絶妙に口に拡がる。

左衛門が文史郎の代わりに訊《たず》ねた。

「権兵衛殿、さっそくだが、お話の仕事というのは？」

「大店《おおだな》の信濃屋《しなのや》さんからのご依頼でございます。日本橋の信濃屋さんは、御存知でございましょうね」

「絹織物を専門に扱っている呉服屋の信濃屋のことですな？」

「はいはい。さようで」

権兵衛は揉み手をしながらいった。

「今朝方、信濃屋久利衛門《くりえもん》さんがわざわざお越しになられて、ぜひとも剣客相談人のお力をお借りしたいと」

権兵衛はあたりに人がいないのを確かめるように見回したあと、声を低めていった。

「ただし、信濃屋久利衛門さんは、世間体《ていい》もあるので、あくまで内々にと申しておりました」

大門が鷹揚《おうよう》にうなずいた。

「もちろん、他言無用のこと。拙者たちの口は岩のごとく堅いですぞ。して、どんな依頼なのかな？」

「どうやら、信濃屋さんは、何者かに脅されているご様子なのです」

「ほう」

　権兵衛はひそひそ声で話しはじめた。

「信濃屋では、最近、何度か小火《ぼや》がありましてね。それも、真っ昼間、いずれも火の気のない所に煙が上がった。すぐに店の者が気付いて、水をかけて火を消したため、大事には至らなかったそうです」

「それで」

「その不審火があいついだ最中に、久利衛門の許《もと》に、一通の脅迫状が届けられたのです。その手紙には『十年前の落とし前を払ってもらおう』とあったそうです。そして『千両を用意しろ』と書いてあった」

「ほうほう、千両も」左衛門は呻《うめ》いた。

「それは大金だ」

　大門は嬉しそうにいい、文史郎の顔を見た。

「…………」

　文史郎は頭を振った。

　大門は相手が要求する金額が張れば張るほど、口入れ屋の権兵衛の身入りがよくなり、従って相談人の取り分も多くなると踏んでいる。

権兵衛もほくほくした顔でいった。

「そうなのです。その千両の受け取り方については、あとで報せるとあったそうです」

「差出し人はなんと？」

文史郎は訊いた。

「それが差出し人の名前はなく、ただ鴉《からす》が記してあったそうです」

「鴉の一文字か？」

「いえ。文字ではなく、鴉と思われる黒い鳥の絵が描いてあったというのです」

「鴉の絵のう？」

文史郎は腕組みをして考え込んだ。

「ほかに、何か書いてあったのか？」

「いえ。それ以上は、信濃屋久利衛門さんから何も聞いておりませぬ」

十年前といえば、文史郎が松平家から那須川《なすがわ》藩主の若月《わかつき》家に婿養子として迎えられて三年ほどのころだ。

文史郎はまだ二十五歳、若き藩主として、それまで誰も手をつけることができなかった藩政改革に着手した時分である。

走馬灯《そうまとう》のように、そのころの日々が頭に思い浮かんだ。

守旧派の家老たちの頑固な抵抗を排し、断行した数々の改革。やり甲斐のある毎日だった。

そして、萩《はぎ》の方《かた》との確執。

側室如月《きさらぎ》との思い出の日々。……甘き良き時代だった。

「殿、いかがいたしました？　心ここにあらずというお顔をなさっておりますが」

左衛門が脇から文史郎を覗き込んでいた。

文史郎は物思いから我に返った。

「いや、なんでもない。いったい、十年前に、何があったというのだ？」

権兵衛は頭を振りながらいった。

「それが信濃屋久利衛門さんには、まったく心当たりがないというのです。だから、いったい誰に、どんな恨みを持たれているのか、皆目見当がつかないそうなのです」

「妙な話だな。身に覚えがないなら、何も恐れることはないのではないか？」

左衛門が口を挟んだ。

「しかし、殿、何度も不審火が出ているのですぞ。きっと、相手は火を付けると脅しているのではないですかな」

「権兵衛、そうなのか？　脅迫状には、金を用意しないと、店に火を付けると書いてあったのか？」

権兵衛は首を捻《ひね》った。

「それが不思議なのです。信濃屋さんによれば、脅迫状には火を付けるというような脅し文句は書いてなかったというのです。だけど、あいついで不審火が出ているので、脅迫状は、それに関係あるのでは、と信濃屋さんはお考えになったようです」

「火付けは天下の大罪。それがしたちに持ち込まずとも、火附盗賊改方《ひつけとうぞくあらためかた》に畏れながらと訴えれば済むのではないか？」

「ほう。なぜかのう？」

「信濃屋さんは、そこまで事を荒立てずに、納めたい、と申しておるのです」

「脅迫状はともかく、小火を出したのは、おそらく奉公人の誰かの火の始末が悪かったからかもしれない。それを火附盗賊改方に訴え出て、奉公人たちが手荒い取り調べを受けたら可哀相だ。なにしろ、火附盗賊改方のお調べは、たいへんに厳しく、こういってはなんですが、石を抱かされたりして、あまりの苦しさに、やってないことでもやったと白状してしまうという噂ですからね。信濃屋さんとしては、いくらなんでも、奉公人たちを、そんな目に遭わせたくないというのです」

「なるほど」

文史郎は火附盗賊改が行なう苛酷な拷問の数々を聞いたことがある。

大店の主人が奉公人をそんな御上《おかみ》の手に委《ゆだ》ねたくないという気持ちも分からないでもない。

大門が髯をいじりながらいった。

「信濃屋久利衛門は、何か隠しておるのではないか？　本人は身に覚えはない、といっているけれども、内心、何か思い当たることがあるのではないかな。そうでなければ、恐れることは何もない」

文史郎はうなずいた。

「権兵衛、ともあれ、信濃屋に会おう。でないと、話が見えぬ。何をしてほしいのかも、分からぬ」

「はい。承知いたしました。ではさっそく、これからご案内いたしましょう」

権兵衛は内所にいる番頭に声をかけた。

「番頭さん、私は出掛けるからね。しばらく、店の方を頼みますよ」

「へーい」

間延びした声が返った。

三

呉服店の信濃屋は、同じ呉服店である口入れ屋権兵衛の清藤屋《きよふじや》とは比べものにならないほど、大きな店構えだった。間口二十間、奥行きも二十間を下らない。頑丈な大黒柱が何本も立ち、広い二階と伽藍《がらん》のような瓦屋根を支えている。土間に続く板の間では、大勢の番頭や手代《てだい》が立ち働き、武家や町家の華やかに着飾った女客たちの相手をしている。

そこかしこで手代や丁稚《でっち》を呼ぶ番頭の声が谺《こだま》する。奥から反物《たんもの》を運ぶ者、反対に店《たな》先《さき》から反物を奥へ運ぶ者と、出入りがひっきりなしで途切れることがない。

「いらっしゃいませ」「いらっしゃいませ」

賑やかな声に迎えられ、文史郎たちは口入れ屋の権兵衛に案内され、上がり框《かまち》から上がった。

大番頭らしい大柄《おおがら》な男が権兵衛から話を聞くと、すぐさま手代の一人に奥へ行って旦那様に伝えるようにと命じた。

「ようこそ、お越しくださいました。みなさまのご高名については、権兵衛さんからお聞きしておりました。今後とも、どうぞよろしうお願いいたします」

須兵衛《すへえ》と名乗った大番頭は内所近くの畳の間に文史郎たちを案内し、座布団を勧めた。如才なく、日和《ひより》の話をしたり、昨今の江戸の様子を話しながら、それとなく文史郎たちの人となりを窺っている。

やがて、廊下の奥から先刻の手代を従えた小太りで初老の男が急ぎ足で現れた。

「これはこれは、剣客相談人のみなさま、さっそくにお越しいただき、ありがとうございます。私めが信濃屋久利衛門にございます」

久利衛門は穏やかで腰の低い男だった。しきりに愛想をいい、文史郎たちを奥へと案内した。

あとから大番頭の須兵衛が付いて来る。

廊下の突き当たりは庭になっていた。そこで廊下を右に折れると、庭を一望できる座敷があった。

文史郎たちは、上座に並んで座らされた。障子をがらりと開けると、築山《つきやま》があり、石橋が架かった池が見える。蓮の葉が池の水面を覆っていた。

座って間もなく、若い女中が二人現れ、文史郎たちにお茶を配った。

「おウメ、お諒《りょう》、しばらく、この部屋に誰も近付かぬよう、ほかの者にもいっておくれ」

「はい」「はい、旦那様」

おウメとお諒はにこやかに文史郎たちに笑顔を向け、部屋を出て行った。

部屋には、文史郎たちと権兵衛、信濃屋久利衛門と番頭の須兵衛の六人だけになった。

互いの紹介が終わると、早速に権兵衛が用件を切り出した。

「相談人のみなさまに、おおよそのことは、すでにお話ししてございます。ですが、やはり詳しいことは信濃屋さんから、直接にお話し願えませんと」

「はい。もちろんです」

久利衛門は神妙な顔付きでうなずいた。

左衛門がまず膝を乗り出した。

「その脅迫状を見せていただきますかな」

「はい。これでございます」

久利衛門は懐ろから四つに折り畳んだ紙を取り出し、左衛門に渡した。左衛門はしわくちゃになった紙を拡げた。

文史郎と大門は左衛門の手許《てもと》を眺めた。

拡げた紙には、拙《つたな》い筆致の文字が並んでいた。

『十年前の落とし前として千両頂きたく、御用意されますよう請求仕《つかまつ》り候。なお、近々、受け取る方法につき、ご連絡致す次第』

確かに文の末尾に、黒々と墨が滲んだ鴉のような絵が描かれていた。

文史郎は首を傾げた。

「その手紙、差出し人の名がないが、宛て先も書かれておらぬな」

「そうなのです」

「では、悪戯《いたずら》書きかもしれぬでしょう。なぜ、おぬし宛てだと思われたのか？」

「はい。ご不審に思われるのは、もっともなことと思います。その手紙は、私の寝所にわざわざ投げ込まれたものでした」

「寝所に？」

「はい。寝所の障子を破いて飛び込んできた石飛礫《つぶて》が、その紙にくるまれていたのです」

「ほう。それで、紙がしわくちゃなのだな。で、寝所と申すのは？」

「私の寝所は、この座敷の二つ先の部屋でございまして、ここと同じように庭に面しております」

「石飛礫は、どこから飛んで来たと申すのか？」

「おおよそ、この方角からかと」

久利衛門は開け放った掃き出し窓から、築山の方角を指差した。

「どれ」

文史郎は立ち上がり、縁側に立った。大門と左衛門も続いた。

樹木の葉が生い茂った築山は、ほぼ西の方角にある。築山の後ろは、土塀が張り巡らしてあった。

その築山の木の梢《こずえ》越しに、富士山が見える。

築山から文史郎が立っている付近まで、およそ十四、五間（約二七メートル）ほどあろうか。

築山の木々に隠れ、石を寝所に向かって投げつけようとすれば、投げられない距離ではない。

「あの築山から石を抛《ほう》ったのかのう」

「おそらく。石が飛び込んだとき、私は急いで障子を開け、築山の方角を捜したのですが、立木が邪魔になって、人影は見当らなかった。でも、築山の方角から石が飛んで来たことは確かです」

いつの間にか、脇に立った久利衛門が築山を指で差した。

鬱蒼《うっそう》と生い茂った灌木に身を潜めれば、こちらから姿は見えない。

「すぐに番頭さんや手代たちを呼んで、築山周辺を調べさせたのですが、誰もおりませんでした」

「築山の背後にある土塀は、簡単に乗り越えることができるのか？」

「土塀の頭越しに松の枝が延びておりますので、もし、やろうと思えば、枝伝いに土塀を越えられると思いますが、うちの者は誰も、そんな人影を見ませんでした」

文史郎は座敷に戻った。大門も左衛門も怪訝な顔をしながら、文史郎の傍に座った。

文史郎は煙草《たばこ》入れからキセルを抜き、無言のまま莨《たばこ》を火皿に詰め込んだ。

「久利衛門殿は、十年前に何があったか、記憶にない？」

「はいそうなのです。人助けはしたが、他人《ひと》に恨まれるようなことはした覚えがないのです」

小太りの久利衛門はゲジゲジ眉を八の字にし、困った顔をした。

左衛門が脇から口を出した。

「こういってはなんだが、昔、いじめた方はいじめたこと自体を忘れてしまうが、いじめられた方はなかなか忘れないものですからな。だからといって、久利衛門殿が、誰かをいじめたというわけではないですがの」

　大門は顎の髯をいじりながらいった。

「そうそう。善かれと思ってやってあげたことが、相手には悪い結果になり、逆恨みをするということもあるしのう」

　久利衛門は深くうなずいた。

「権兵衛さんに同じようなことをいわれて、私も番頭さんといっしょにあれこれ考えてみたのです。だが、番頭さんも、思い当たらないという。そうですな、須兵衛さん」

「へえ。旦那様のおっしゃる通りです。旦那様が他人に施しをしたり、情けをかけたりすることはあっても、奉公人にしろ、同業者にしろ、養蚕農家にしろ、まして、お客様に対しても、ないがしろにするようなことはなさらなかった。旦那様自身、常々商売は人があっての商いだから、人だけは大事にしろ、とおっしゃっておられた。ですから、落とし前を払うような、まして千両もの大金を請求されるようなことは、なんもしておらなかったと思います」

　須兵衛は大柄な軀を小さくしていった。

　目が澄んだ男だった。額が広く、理知的な顔をしている。他人と話すときもしっかりと相手の目を見て話す。軀が大きいせいもあろうが、久利衛門よりも貫禄がある。

久利衛門は須兵衛の言葉を引き取った。

「と申しましても、信濃屋は手広く商いをしております。私が知らないところで、どなた様かに迷惑をかけたり、恨みを買うようなことをしていたのか、分かりません。ですから、店の者全員に、十年前に何か気になることがないか、捜させているところでございます」

「なるほど。何も心当たりはないと申すのだな？」

「はい」

久利衛門はしっかりとうなずいた。文史郎は脅迫状の末尾を指差した。

「この鴉の絵には、何か心当たりはないか？」

「いえ。何も……」

久利衛門は首を傾げながら答えた。

文史郎は、久利衛門の顔に一瞬だが動揺が走るのを見逃さなかった。

「なんでもいい。思い出すことがあったら、聞いておきたいのだが」

「はい。でも、なんでもありません。これには関係ないこと」

「関係がなくてもいいから、ぜひ、話してほしい。いったい、何を思い出したというのだね？」

「いえなに、その昔、私の知人の子で真っ黒に日焼けしていたので、みんなから『鴉、鴉』と呼ばれていた男の子がいたのを、ふと思い出しただけです。元気で、活発な男の子でしてね。いつも妹の面倒をよく見ていた。妹思いの男の子だった」

久利衛門は何かを思い出したらしく、口許に笑みを浮かべた。

文史郎は訝《いぶか》った。

「その子が鴉と名乗ったのでは？」

「まさか。あの子は、そんな悪の道に足を踏み外すことはないでしょう。なにしろ親父は頑固で真面目《まじめ》一徹な大工の棟梁《とうりょう》でしたから。親父さんが許さないでしょう。いまごろは、あの子はきっと親父さんの薫陶を受けて、一人前の立派な大工職人になっているんじゃないですかなあ」

「その大工の棟梁は、いまはどこに？」

「さあ。私は知りません。なにしろ、十年前のことですからなあ。店を新築しようとしたときに、知り合いに紹介されて、一、二度お会いしただけです。その後、お付き合いもないし……。そういえば棟梁の噂を聞いていないな。番頭さんは知っているかい」

久利衛門は番頭の須兵衛を振り向いた。

「いえ、旦那さま。私も詳しくは知りません。棟梁は流行病《はやりやまい》で亡くなったと聞いたことがありますが」

「ほう。そうかい。それはお気の毒な。じゃあ、お内儀《かみ》さんや息子さんたちは、どうなさっているのかね」

「さあ。私が耳にしたのは、棟梁が亡くなったという噂までですので」

「いずれにせよ、相談人様、あの大工の棟梁や息子は、この脅迫状や小火騒ぎに関係ないと思います。私は棟梁親子に、なんも恨まれるようなことをしていませんし、そもそもそんな付き合いもなかったですから。ねえ、番頭さん、そうですよね」

「はい。旦那様」

番頭の須兵衛は大きくうなずいた。

文史郎は質問の矛先《ほこさき》を変えた。

「信濃屋さん、一連の小火騒ぎだが、失火なのか、それとも火付けなのか、ほんとうのところを知りたいのだが」

久利衛門は困った顔になった。

「どうです、番頭さん？」

「旦那様には申し上げましたが、いずれも火の気のないところばかりでした。奉公人の誰かの火の不始末としたいところですが、間違いなく火付けです。たまたま家人が火を発見するのが早かったので、大事には至りませんでしたが」

須兵衛は神妙な顔でいった。

左衛門が訝った。

「それは運がいい。気付かなかったら、たいへんでしたな」

久利衛門はうなずいた。

「そうなんです。最初の小火騒ぎがあってから、家人全員に、日ごろから気を付けるようにいったのです。店内外の主なところに、消火用の水桶を配置し、いざというときに手桶で水を掛けられるようにしたのです。それが効を奏して、いずれの小火も火が小さいうちに消し止めることができた」

「どんなところに火の手が上がったのか？」

久利衛門は番頭の須兵衛を見た。

「蔵の出入り口とか、台所の裏手、厠《かわや》の脇、風呂場の焚き口付近、裏の物置付近とかです。いずれも、あまり人目につかぬところでした」

「発見したのは？」

「ほとんどが女中や下女たちが見付け、桶の水で消し止めた。そのうち一件は風呂焚きの小僧でしたが」

「ほう。御女中や下女たちでしたか」

「へえ。表の店の方は、私はじめ、手代や丁稚の目が光っていますんでね、そう簡単には火付けをすることはできないでしょう。店の奥となると、お内儀さんはじめ、女中や下女などの目がありますんで」

「火付けの下手人を見た人は？」

「それが、不思議なことに、いないのです」

久利衛門が頭を振った。

文史郎が訊いた。

「権兵衛から聴いた。にもかかわらず、久利衛門殿は、火附盗賊改に訴え出ることは控えているそうですな」

「はい。おっしゃる通りです。火附盗賊改方に訴え出たら、店の奉公人たちのお調べが始まり、商売どころではなくなることでしょう。それに、万が一奉公人の中に火付けの下手人がいたとしても、苛酷な取り調べに遭わせたくない」

「久利衛門さんの親心ですな」

大門がにんまりと笑った。

文史郎は腕組みをし、考え込んだ。

「それで、久利衛門、それがしたちに何をしてほしいというのだ？」

「はい。相談人様にお願いしたいのは、火付けの下手人を見付けてほしいのです。そして、この脅迫状を出した者を捕まえてほしいのです」

「うむ。もし下手人を見付けたら、そやつをどうする？」

「もし、万が一奉公人の誰かだったら、仕方ありません。店を辞めてもらうことになりましょう」

「うむ。それは止むをえないだろうな。火附盗賊改方には、下手人を突き出すことはしない、というのだな」

「はい。小火程度で突き出すのは、あまりに可哀相。万が一、小火で納められず火事になったら、そのときは別ですが。できれば、外に知られぬように、内々に済ませたいのです」

「なるほど」

文史郎は顎をしゃくった。大門が口を出した。

「脅迫状にある千両だが、払うつもりはないのだな？」

「もちろん、どんな言い掛りを付けてくるか分かりませんが、奉公人たちが一生懸命、汗水流して作ったお金です。どこの誰とも分からぬ者にくれてやるような金ではない」

「それはそうだ」

「相談人のみなさまにお願いしたいのは、脅迫状を寄越した者を捜し出し、万が一にも、千両が払われないからといって、店に火を付けるようなことをしないよう、なんとか防いでほしいのです」

「なるほど」

「おそらく相談人様たちが店に逗留しておられることだけで、脅迫状を出した輩《やから》は相談人を恐れて、店に手を出し難くなるでしょう。とりあえず、相談人様たちには、この座敷で寝起きしていただき、お調べ願いたいと」

文史郎は大門、左衛門と顔を見合わせた。

「分かり申した。この件、我々相談人が引き受けることとしましょう」

文史郎は久利衛門に答えた。

久利衛門は満面に笑みを浮かべて、深々と文史郎に頭を下げた。

「ありがとうございます。これで、私どもは枕を高くして寝られるというもの」

四

文史郎は久利衛門にいった。

「まずは、小火が起きた場所が見たいですな。それから、火の手が上がるのを最初に見付けた人たちから話を聴きたいのだが」

「分かりました。番頭さん、相談人様たちをご案内して」

「はい。旦那様」

「それから、お調べに入る前に、まずは私の家内と娘に御挨拶させましょう。少々お待ちを。おーい！　誰か。来てくれ」

久利衛門は廊下越しに、大声で人を呼んだ。

奥から女の声の返事があった。

やがて廊下に足音が起こった。襖が開き、先刻の女中の一人が顔を出した。

「旦那様、御呼びでしょうか」

「お諒、家内と娘を呼んでおくれ。ここへ来て、相談人様に御挨拶するように」

「はい。かしこまりました」

お諒と呼ばれた女中は襖を閉め、奥に戻って行った。

「あのお諒が、最初の小火現場に駆け付けた者でしてね。番頭さん、お諒が消し止めたのは、たしか台所の裏でしたね」

「はい。旦那様、台所の裏にある薪《まき》置場で、火の手が上がるのを、いち早くおウメが見付け騒ぎ、女中のお諒が駆け付けて消し止めました」

「お諒さんから、そのときの話を聴きたいが」

「分かりました。お諒に申し付けましょう」

須兵衛はうなずいた。

廊下にまた衣ずれの音と足音が聞こえ、襖が開いた。

お内儀と若い娘が部屋に入り、久利衛門の脇に並んで座った。

「家内のお常《つね》と、娘の千歳《ちとせ》にございます」

久利衛門が紹介した。

お内儀のお常と娘の千歳は、文史郎たちの前に正座し、三つ指をついて挨拶した。

「相談人様、なにとぞ、私たちを御守りいただきたく、よろしうお願いいたします」

お常はいかにもお大尽の女房然とした、ふくよかな体付きの女だった。

千歳はまだ十八、九歳の娘盛り。目鼻立ちが整った黒い瞳の娘だった。振り袖姿の千歳は大きな目を静かに伏せ、初々《ういうい》しく島田髷の頭を下げた。その仕草は優雅で艶やかだった。

千歳が動く度に、振り袖に焚き込めた香の芳《かぐわ》しい匂いが漂って来る。

大瀧道場の弥生の凜凜《りり》しい美しさとは、また違った気品のある美しさだ。

文史郎は思わず千歳に見惚れていた。

大門は髯面を綻《ほころ》ばせて胸を叩いた。

「おうおう、お内儀、千歳殿、お任せあれ。拙者たちが用心棒として入った以上、もう安心。大船に乗ったつもりでおられよ」

「大門殿は、すぐこれだから。ねえ、殿」

左衛門は呆れた顔で文史郎を見た。

文史郎はこほんと咳をし、急いで姿勢を正した。

「まあ殿まで……」

左衛門は頭を振った。

久利衛門は文史郎にいった。

「家内たちの後ろにおりますのが、女中のお諒と下女のおウメです。相談人様たちの身の周りの世話やお部屋の掃除、汚れ物の洗濯などは、この者たちにお任せください」

お常は廊下に畏まって小さくなっているお諒とおウメを紹介した。

「おう、よろしうな。そっちの御女中衆も大船に乗ったつもりでいいぞ。何かあったら、すぐにわしらを呼んでくれ。すぐ飛んで行くからのう」

大門は上機嫌で二人にも挨拶した。

お諒とおウメは顔を見合わせ、袖を口許にあてて笑った。

「拙者、何かおかしいことをいったか？」

大門は頭を掻いた。

女中のお諒は千歳と同じ年頃の娘で、色白のうりざね顔をした勝ち気そうな娘だった。小袖姿だったが、化粧をすれば千歳の美しさと比べても、決して遜色ない。

下女のおウメはまだ十五、六歳らしい。体付きに、まだ少女の幼さを残している。愛嬌のある丸顔の娘だったが、どこか淋しげな影を宿していた。そのため、おウメは一人では生きていけないようなひ弱さを感じさせ、男ならふとおウメを護ってあげたくなる、そんな娘だった。

「どうかよろしくお願いいたします」

お諒とおウメは文史郎たちに深々と頭を下げた。

おウメは顔を上げ、文史郎と視線が合った。おウメは慌てて目を伏せた。

おウメの目に怯えのような色が走るのを文史郎は見逃さなかった。

それまで黙っていた権兵衛が口を開いた。

「ほかに息子さん二人がおられましたな」

「はいはい。このほかに、長男の織兵衛《おりべえ》と、次男の今兵衛《こんべえ》の兄弟がおります。長男の織兵衛はいま店で私の代わりに働いておりますので、手隙になりましたら、ご挨拶させましょう。ところで、今兵衛はどこにいるかな」

久利衛門はあたりを見回し、ついでお内儀のお常に顔を向けた。お常は上目遣いに久利衛門を見ながらいった。

「今兵衛は出掛けております」

「どこへ？」

「何もいわずに」

久利衛門は舌打ちをした。

「あれほど、相談人の皆様が来るからいるように、といっておいたというのに。肝心なときにまた遊びに出掛けて。ほんとに仕様がないやつだ。帰ってきたら、すぐに相談人様に御挨拶するよういいなさい」

「はい。旦那様」

「では、相談人様。よろしうございますかな」

久利衛門は気を取り直したように笑顔を作り、文史郎に向いた。

「私はこれで店の仕事に戻ります。権兵衛さんは、ちょっと内所にお寄りください」

「畏まりました」

権兵衛はうなずき、左衛門と目で挨拶した。これから相談料の交渉をするのだろう。

「あとのことは、すべて番頭の須兵衛に申し付けくださいませ」

久利衛門は文史郎たちに頭を下げた。

「いいね、番頭さん。あとは任せるよ」

「はい、旦那様」

須兵衛は頭を下げた。

久利衛門と権兵衛は座敷を出て行った。それとともに、お常と千歳も、お諒たちを従えて奥へ引き揚げて行った。

文史郎は左衛門と顔を見合わせた。大門は女たちの残り香を嗅いでいる様子だった。

「では、皆様、小火の現場にご案内しましょう」

番頭の須兵衛は立ち上がり、文史郎たちについて来るように促した。文史郎は立ちながら、須兵衛に訊いた。

「小火は、これまで何度起こったのだ?」

「六度ほどです」

「そんなに頻発したのか。どんな場所に?」

「台所の裏手で二度、あとは蔵の出入り口、厠の脇、風呂場の焚き口付近、それに裏の物置付近でしたね」

「それぞれの発見者は誰かのう?」

得てして第一発見者が火付けをした張本人ということがある。

「台所の裏手の薪置場での二度の小火は、それぞれ、お諒とおウメが気付いて消しました」

「ほう」

「三度目の小火は蔵の扉付近で、手代の兎吉《うきち》が気付いて大事に至らずに消すことができました」

「手代の兎吉? お諒やおウメではなかったのですな」

「はい。兎吉です。四度目の小火は厠の脇でありまして、たまたま厠に入った私が気付きました」

「ほう。おぬしが」

「五度目の小火は風呂場でして、これは下男の源次《げんじ》が気付いて火を消しました」

「六度目の小火は？」

「物置から火が出て、これはたまたま家にいた今兵衛坊っちゃんが気付いて、大騒ぎになりましたが、なんとか桶の水で消すことができました」

大門が脇から訊いた。

「その次男坊の今兵衛も、店の手伝いをしているのかね？」

「……なんせ、次男坊ですからねえ。旦那様も今兵衛坊っちゃんのことは心配なさっているのですが」

須兵衛は溜め息混じりにいい、頭を振った。

台所に入ると、忙しく働いている下女たちが番頭の須兵衛や文史郎たちに頭を下げた。

須兵衛は先に土間に下り、文史郎たちのために下駄を用意した。

「最初の小火は、この台所の外の薪置場でした」

文史郎たちは台所の裏口から外に出た。

台所の裏手の空き地に薪がびっしりと山積みされていた。薪は風呂場の焚き口近くにも積み上げられている。

確かに、火の気がない場所だった。

「どんな具合に火の手が上がったのか？」

「枯れ枝や乾いた杉葉を集めて、それに風呂の焚き口に残っている火種を使って火を付けたようなのです」

須兵衛は台所に隣接する風呂場を指差した。風呂場は渡り廊下で母屋に続いている。

風呂場の小屋の向こう側に土蔵の白壁が並んでいた。

文史郎は風呂場の小屋を回り、土蔵の前に出た。土蔵は三棟並んでおり、いましも、真ん中の土蔵の戸口から、手代や丁稚たちが反物を運び出していた。

手代は蔵の扉を閉めながら、番頭の須兵衛や文史郎に気付き、頭を下げた。

須兵衛は手代を呼び止めた。

「ちょうどいい。相談人様、この手代が小火を防いだ兎吉です」

「おう。そうか」

文史郎は兎吉に向いた。兎吉は相談人と聞いて、目をしばたたいた。須兵衛がいった。

「兎吉、どこで小火を見付けたのか、相談人様方にお話しなさい」

「へえ。番頭さん。そこで藁屑《わらくず》が燃えていたんでやす」

兎吉はいま出てきたばかりの土蔵の前を指差した。

「藁屑か？」

「へえ。それと杉っ葉でさあ。ちょうど青い煙が噴き出しているところで、あっしはすぐに台所に取って返し、手桶の水を運んで来て、火元に水をぶっかけたんです」

「そのとき、火付けの下手人を見かけたか？」

「いえ。誰の姿も見かけませんでしたね。ともかく蔵の扉に火が付いては困ると、丁稚たちと火を消すのに精一杯でした」

兎吉は正直そうな男だった。話をするとき、しっかりと文史郎の目を見返している。隠し事をしそうにない男だった。

番頭はうなずいた。

「兎吉さん、作業を止めて悪かった。続けてくれ」

「分かりやした。では、相談人様、失礼します」

兎吉は腰を屈め、何度もお辞儀をすると、反物を抱えた丁稚たちを急《せ》き立てて、風呂場小屋の向こう側にある店の裏口に戻って行った。

「こちらに物置があります」

須兵衛が指差した。店の裏口の近くに壁が黒く焦げた物置小屋があった。

蔵や物置小屋の裏手は、丈の高い土塀が張り巡らしてある。一つ目の土蔵と二つ目の土蔵の間に細い通路があり、裏木戸が見えた。

木戸には閂《かんぬき》が掛かっていた。

左衛門は文史郎に囁いた。

「もし、火付けの下手人《げしゅにん》が外から侵入するとしたら、この木戸を通るか、土塀を乗り越えるしかありませんな」

「疑いたくないが、やはり内部の者が火付けをしたのではないですかな」

大門が小声でいった。須兵衛は神妙にうなずいた。

「旦那様は、それを恐れているんです。家の者から下手人を出したくない、と。出せば、店の評判を落とし、暖簾《のれん》に傷が付く。それはなんとしても避けたいと」

「ううむ」

文史郎は腕組みをし、あたりを見回した。

どう見ても、外から侵入して、家人に見つからずに火付けをするのは無理なように思えた。木戸を開けて逃げれば、閂を開けたままに逃げねばならず、木戸を使わねば土塀を乗り越えねばならない。

土塀の高さは、一間半（約二・七メートル）ほどとはいえ、梯子《はしご》を使わなければ、簡単には乗り越えることができそうにない。

そのとき、裏口の木戸を外からどんどんと叩く音が聞こえた。

「おい、誰か、そこにおるんだろ？　開けてくれ」

番頭の須兵衛が急いで木戸に寄った。何もいわず、閂を外した。

木戸が開き、若い男が着流しにした着物の裾をばたばた手で叩きながら入って来た。

「ああひでえ目に遇ったぜ。なんでえ、須兵衛じゃねえかい」

「若旦那、いったいどうしたんです？」

「どうもこうもねえや。ちょいとばかり、しくじってな。で……こちらのお侍は？」

若旦那と呼ばれた男は、じろりと文史郎や大門、左衛門を見回した。

須兵衛は諫《いさ》めるようにいった。

「大旦那様が怒ってますよ。肝心なときに坊っちゃんがいないって。こちらの方々が剣客相談人様たちです」

須兵衛は文史郎に振り向いていった。

「相談人様、こちらの若旦那が次男坊の今兵衛坊っちゃんでございます」

「おう、そうか」

今兵衛は須兵衛に抗議するようにいった。

「須兵衛どん、坊っちゃんはやめてくれよ。おれはもうそんな歳じゃねえ」

「でも、おやりになっていることは、まだ十六、七の若造のやることですよ。もう、足を洗って、家業に専念していただかないと」

「耳に痛いことといってくれるじゃねえか。分かっているよ。おれも十六、七の餓鬼じゃねえ。考えがあってのことだ。でえいち、信濃屋には、れっきとした後継ぎの兄貴がいるじゃねえかい。おれなんかのような厄介者がいちゃあまずいだろうが」

「坊っちゃん、だから、了見《りょうけん》が違うといっているんですよ。大旦那様は坊っちゃんにも、暖簾を分けて、やらせたい。そうお考えなんです。だから、いまのような放蕩から足を洗って家業を見習っていただかないと」

今兵衛は苦笑いした。

「おいおい、須兵衛どん、他人の前で、真面目なお説教はやめてくれよ。格好がつかねえじゃねえか」

「坊っちゃん、いま、そんなことをいっている場合ではないんですよ。信濃屋の暖簾が危ないというときに……」

「分かった分かった。相談人を呼ぶくらいだからな。親父から事情は聞いているよ。

おれだって、そのあたりは心得て考えているんだぜ」

「ほんとに、そうですかねえ」

須兵衛は冷ややかにいった。今兵衛は文史郎に向き直った。

「相談人さん、というわけでよろしく。あっしはあっしで調べていやすんで」

左衛門は口を挟んだ。

「調べていると？　いったい何を調べているのだ？」

「まあまあ。調べがついたら話しますよ。蛇の道は蛇といいやすでしょう。脅迫状は誰が出したのか、おおよそ見当がついたところなんですから」

「脅迫状を書いた者の見当がついたというのか？」

文史郎は思わず訊いた。

「ですから、調べがついたら、お話ししますって。じゃあ御免なすって」

今兵衛はへらへら笑い、着物を尻っぱしょいすると、文史郎たちの前を抜けて、台所へ駆けて行った。

須兵衛は溜め息混じりにいった。

「坊っちゃんは、いつもああなんです。なんか聞きかじっては、悪い仲間とつるんで、遊ぶ金ほしさに小遣い稼ぎをして、大旦那様や織兵衛様に迷惑をかけているんです」

「そうか。困った男だな」

文史郎は須兵衛の愚痴を聞きながら、台所に戻った。

今兵衛は台所で膳の前に胡坐《あぐら》をかいて座り、茶漬けを箸で掻き込んでいた。

おウメが今兵衛の前に座り、甲斐甲斐しく世話をしていた。

「腹減ったあ。おウメ、もう一杯、お替りを頼む」

今兵衛は空になった茶碗をおウメに突き出した。

「はい。ただいま」

おウメは嬉しそうに茶碗を受け取り、お櫃《ひつ》からご飯をよそい、急須の茶を碗に注いだ。

おウメの頰に笑窪《えくぼ》ができているのが見えた。文史郎たちには見せなかった笑顔だった。

文史郎は左衛門と顔を見合わせた。

大門が大声を上げた。

「殿、わしらも腹が減りましたな。考えてみれば、それがし、朝飯を食べておらなんだ」

大門の声に、おウメが振り向いた。

にいった。

「はい。ただいまお食事を御用意します」

おウメの声に、隣の部屋からお諒やほかの下女たちが顔を出した。お諒は下女たちにいった。

「さあ相談人の皆さんのお膳を用意して」

「いやあ。済まぬなあ」

大門は揉み手をしながら、板の間に上がった。お諒はにこやかにいった。

「お座敷の方にお膳を運びますので、みなさん、居間の方に、どうぞ」

「さ、殿、行きましょう行きましょう」

大門は文史郎と左衛門を促し、どかどかと足音を立てながら、廊下を居間に急いだ。

「大門殿は、朝、爺が作った朝餉《あさげ》をちゃんと食べたはずなのですがのう」

左衛門は盛んに首を傾げた。

文史郎は居間に歩きながら、ちらりと今兵衛を振り向いた。

今兵衛は、おウメと何事か話し込んでいた。おウメが白い歯を見せて笑っていた。

文史郎は、二人の様子に微笑んだ。

五

何事もなく三日が過ぎた。

文史郎は座布団を二つに折畳み、枕にして畳に横になった。

開け放った障子戸の間から、微風が座敷に入ってくる。

初夏の陽射しを浴びて、庭の松の木や楓《かえで》、桐などの木々の緑が鮮やかに映えている。

四十雀《しじゅうがら》や目白が緑陰の中を動き回っている。

かすかに店先や表通りの喧騒が伝わってくるが、喧《やかま》しくはない。

久しぶりに、のんびりした気分だった。

横たわっていると、次第に眠気に襲われ、うとうとしてしまう。

左衛門と大門は、それぞれ聞き込みに出掛けている。

結局、小火騒ぎの第一発見者全員への聞き込みからは、下手人に繋がる新たな手がかりはなかった。ただ、下手人は火を付けて間もなく、極めて短時間のうちに姿をくらませていることから、やはり店の内部の者の犯行か、あるいは、もし外部の者が下手人だったとしても、内部に手引きする共犯者がいるとしか思えなかった。

あとは次の犯行が行なわれるのを待ち受けるしかない。

小火と脅迫状とのつながりもあるのか、ないのか、依然として不明だった。これも相手からの次の脅迫状が届かぬことには、まったく進展もなかった。

十年前に何があったのかについても、肝心の信濃屋久利衛門はもちろん、大番頭の須兵衛も記憶にない、というので、それ以上調べは進まなかった。

そのため、手分けして、十年前から信濃屋で働いている番頭や手代、丁稚たちに手当たり次第に聞き込んだが、収穫はなかった。

十年前といえば、一昔前だ。そのころ働いていて、いまは歳を取ったため隠退した番頭や手代、下男がいると分かり、彼らにも当たってみることにした。

左衛門と大門が、そのために出掛けて、元奉公人たちに聞き込みをしているのだ。

いまは、左衛門と大門が帰ってくるのを待つのみだった。

店の者への聞き込みがまったく無駄だったというわけではない。

なにより参考になったのは、久利衛門の長男織兵衛から聞いた話である。

長男の織兵衛は、まだ三十代の青年だったが、父久利衛門によく似た体付きをした実直そうな男だった。

次男の今兵衛とは正反対に働き者で、考え方は真面目、冗談もほとんどいわず、答も真面目そのものの仕事人間だった。

　そんな織兵衛だが、文史郎に会って開口一番、こう述懐した。

「これは我が家の恥になるので申し上げにくいのですが、親父はともかく、私は脅迫状は弟が書いたか、あるいは弟が他人にやらせたものではないか、と思っております」

　頭から、そう信じてやまない織兵衛に、文史郎はかえって疑念を深めていた。

「なぜ、そう思うのか？」

「弟は、昔から、私が父に気に入られ、信濃屋の総領息子となっていることに嫉妬を抱いているのです。だから、これまでもそうでしたが、事あるごとに嫌がらせをしてきた。今回の脅迫状で、千両を用意しろ、といってきたのも、弟らしいやり方です」

「それは、どういうことか？」

「脅迫状に驚き騒ぐ私たちを見て、心密かに愉快がっているのです。はじめから千両など取るつもりはありません。あわよくば、その一部でも取れればと思っているのでしょう。その証拠に、親父が脅迫状の話を弟にしても、少しも驚かなかった。それどころか、十年前に親父が人を助けなかったのが悪かったのだ、という始末」

「それは、どういうことなのか？」

「親父は身に覚えのないことです。たとえ、あったとしても、大したことではないでしょう。でなかったら、親父も番頭たちも覚えているに決まっている。ところが、弟はどこからか、そんな噂を聞き込み、針小棒大《しんしょうぼうだい》に話を膨らませて、今回の脅迫状に使っているんです。根も葉もない噂だから、脅迫状にははっきりとは書けずに曖昧に十年前の落とし前などとぼかしているのです」

「なるほど。弟さんに、いまの話をいって、問い詰めてみたのか？」

「もちろんです。そうしたら、何もいわず、怒って出て行った。親父は弟がそんなことをするはずがない、と庇《かば》っていましたが、私は弟の怒った様子から見て、かえって疑いを深めました。図星をさされたため、弟は怒ったに違いないと。だから、私は事がはっきりしないうちは、絶対に千両など用意するべきではない、と親父にいっています」

「小火との関係は？」

「小火は脅迫状を本物に見せるための仕掛けではないか、と思っています。きっと弟が本人はやらずとも、誰かにやらせているに違いないと。だから、ぜひ、相談人の皆様には、弟の動きや様子に気を付けていてほしいのです。きっと弟の仕業に違いありません」

文史郎はここまで弟のことを信じられなくなっている織兵衛の度量のなさに、少しばかり反発さえ覚えていた。

文史郎も信州松平家において、四男坊として部屋住みの悲哀を味わっている。次兄の松平義睦《よしのぶ》は、そんな文史郎をかえって心配し、いろいろ面倒も見てくれた。

文史郎が那須川藩主若月家の婿養子になれたのも、陰で兄の松平義睦が尽力してくれたからだった。

今兵衛が放蕩息子になったのも、父親久利衛門や兄織兵衛の無理解があったからではないのか、と文史郎は今兵衛に同情さえ覚えていた。

「相談人様」

庭の方から小さな声が聞こえた。

文史郎はむっくりと軀を起こした。

庭に目をやった。縁側の前に蹲《うずくま》った白髪頭の丁髷《ちょんまげ》が見えた。

「うむ。誰かの?」

「下男の源次にございます」

白髪頭は顔を上げた。昨日、事情を聴いた源次の日焼けした皺だらけの顔だった。

「……実はお話があります」

「上がってくれ」

「いえ。すぐに風呂焚きに戻らねばなりませんので、こちらで」

「分かった。それがしがそこへ行こう」

文史郎は縁側に出、腰を下ろした。源次は文史郎の足許に蹲るように座った。

「昨日は周りに人がおりましたので、申し上げにくくて、お話ししなかったことがあります」

「ふむ。どんなことかな」

「その前に、告げ口するようで気が進まないのですが、どうしても、ある人を助けたくて。お助け願えますか」

源次は必死の形相で文史郎を見つめた。

源次のことは、誰からも、その人となりについて聴いてはいない。ただ初対面での印象で、実直そうな働き者の老人だと思っただけだった。

「いったい、誰を助けたいと申すのか？」

「もし、申し上げても、その人を問い詰めないでほしいのです。きっと事情があることでしょうから」

「分かった。安心せい。悪いようにはしないと約束しよう」

「実は、火付けの下手人を見ているのです」

「うむ。誰だというのだ？」

「……おウメです」

「確かか？」

「はい。二度にわたる台所の裏手の小火のときに、おウメが風呂の焚き口から種火を持ち出すのを見ました」

「そうか。ほかには？」

「おウメが、密かに何度か風呂場の薪置場から藁屑や杉っ葉や小枝を持ち出すのを見ました。そのあと、決まって小火が起こったのです」

「分かった。よく知らせてくれた」

「相談人様、もう一つ大事なことが」

「う？　何かな」

「先日、おウメが密かに家を抜け出して、裏木戸から出て行くのを見ました。それで、気になってあとを尾《つ》けて行ったのです」

源次は声をひそめた。

「誰かに会っていたのだな」

「はい。外で待っていた若い男と掘割《ほりわり》の端で立ち話をしていたのです」

「若い男？　相手の男に見覚えは？」

「見覚えはありません」

「どんな男だった？」

「町の遊び場でごろごろしているようなやくざな風体《ふうてい》の男でした」

「おウメは、その男と会ったとき、どんな様子だった？」

「親しげでした。おウメの方から、いそいそと男に駆け寄り、懐からお金を出し、手渡してました」

文史郎は訝った。

「……おウメのおとこか？」

「かもしれません」

将来を言い交した相手かもしれない。おウメをまだ初《うぶ》な小娘と思っていたが見込み違いかもしれぬ、と文史郎は思った。

「その男は、おウメに何やらいいつけていました。男はきっと何かを無理矢理やらせようとしていたのだと」

「なぜ、そう思うのだ？」

「おウメは泣きそうな顔になり、しきりに頭を振っていました。男はそんなおウメを慰めるようにして、言い聞かせていましたから」

「なるほど」

男はおウメに火付けをするように促していたのかもしれない。

源次は周りを見回し、人がいないのを確かめた。

「……ここからが驚きなんです。おウメが男と別れて帰ったので、しばらくおいて、あっしも帰ろうとしたら、今度はなんと、そこへうちの若旦那が現れたのです」

「若旦那だと？　今兵衛のことか？」

「はい。若旦那は男と会って、何やら言葉を交わし、笑い合っていた。それから二人は連れだって、近くの水茶屋に入って行ったんです」

「今兵衛と、その男はぐるだというのか。それで、そのあと、二人はどうした？」

「水茶屋を覗くわけにもいかず、かといって、すぐには二人は出てきそうになかったので、あっしも引き揚げました。夕方近くだったんで、二人は茶屋の女相手に酒でも飲みはじめたんじゃねえですかい」

「なるほど。これは妙なつながりだのう」

「あっしが知っているのはここまでです」

源次は内緒事を話したので、すっかり楽な気分になったらしく、ほっとした表情になっていた。

「相談人様、あっしは、これからどうしたら、いいでしょう？　大旦那様に申し上げた方がいいのでしょうか？」

「いや、黙っていた方がいい。その話を誰かにしたのか？」

「まさか。おウメを突き出すなんて、あっしにはできません。あっしにも、おウメと同じ年頃の孫娘がいますんでね。どうか、相談人様、おウメを悪い男から助けてほしいんです。おウメが可哀相でなんねえんです」

「分かった。拙者がなんとかしよう。任せてくれ」

「ありがてえです。相談人様がやってくれれば、あっしも安心だ」

「源次、頼まれてくれるか？」

「へえ。なんでしょう？」

「おウメに気付かれぬよう、そっと見張っていてほしいのだ。怪しい素振りが見えたら、拙者に知らせてくれ」

「分かりやした」

「おウメが内緒で外出するようだったら、今度は拙者もあとを尾ける」

「そういっていただけると心強いです。年寄りのあっし一人では、あのやくざ者を捕らえることはできそうにありませんので」

源次はにやっと笑った。

「頼むぞ」

「任せください。では、まだ家の用事があるので御免なすって」

源次は腰を屈めながら、風呂場小屋の方へ引き揚げて行った。

六

夕方近くになって、大門と左衛門が相次いで帰って来た。

おウメはいつもと変わらぬ笑顔で、大門と左衛門の二人を迎えた。

大門は手拭いで顔や首の汗を拭きながら、おウメに頼んだ。

「おウメさん、悪いが、冷えた井戸水を所望できぬかな」

「済まぬが、わしにも頼む」

左衛門もいった。

「はい。少々、お待ちを」

　おウメはそそくさと台所へ引き揚げて行った。

「どうだね。聞き込みの成果はあったかな」

「殿、大ありのこんこんきちでしたな」

　大門はどっかりと胡坐をかき、団扇《うちわ》をばたばたと扇《あお》いだ。左衛門も扇子を取り出し、扇いで顔に風をあてた。

「殿、こちらも、おもしろい話を聞き込みましたぞ」

「二人とも、ご苦労だった。で、どちらの話から聞こうか」

「では、拙者から話しましょう」

　大門があたりを見回し、周りに人がいないのを確かめてからいった。

「二、三年前に信濃屋を定年で辞めた元中番頭だった男に話を聞くことができましてな。その男によると、十年ほど前に、やはり中番頭をしていた男で、店の金を横領し、久利衛門から馘《くび》になった男がいたそうです」

「ほう。その元番頭の名は?」

「耕平《こうへい》という男でして、店の売り上げ金三百両ほどをちょろまかし、入れ上げていた深川の惚れた女に注ぎ込んでいたそうなんです」

「三百両か。それは大きな額だな。そやつは、奉行所の裁きを受けたのだろうな」

「それが、どうしてか久利衛門は、その男を奉行所に訴え出ずに、内々に事を済ませたそうなのです」

「なるほど」

「三百両といえば大金。御定法では、十両を盗んだら打ち首ですからな。で、元番頭によれば、久利衛門がその男を訴え出なかったのは、その男に何か重大な弱みを握られていたからではないのか、というんです」

「ほう。どんな弱みだというのだ?」

「それは、その耕平という元番頭に尋ねねば分からないといってましたな。だから、十年前の落とし前を寄越せという脅迫状は、きっとその耕平という元番頭が久利衛門に出したものではないかと」

「その耕平は、どこにいるのだ?」

「深川の岡場所に住んでいるお蘭《らん》という芸妓が知っているらしいのです。それがし、そのお蘭を捜して、耕平のことを聞き出そうと思うのですが」

「うむ。やってくれ」

「それには、少々、軍資金が……」

大門はにっと髯面を崩した。

文史郎は左衛門を見た。

「爺、軍資金の都合はつくかの？」

「ありませぬ」

左衛門はにべもなくいった。

「弱ったな」

「分かりました。大番頭さんに事情をいって、軍資金を出してもらいましょう」

「うむ。爺、頼む」

廊下に人の気配があった。

文史郎は黙った。左衛門も大門も口を噤《つぐ》んだ。

やがて、お諒とおウメが、盆に急須や湯呑み茶碗を載せて現れた。

「大門様、左衛門様、お帰りなさいませ」

「お疲れさまでした」

お諒は二人を労《ねぎら》いながら、菓子の皿を三人の前に置いた。ついで、おウメがお茶を淹《い》れた湯呑み茶碗を並べて置いた。

「これはかたじけない」

左衛門は頬を綻ばせた。

「ほほう、旨そうだな」

大門はさっそく菓子を摘み上げ、一個を頬張った。もぐもぐと口を動かし、目を細めた。

「で、左衛門殿の話は、いかがかな?」

「爺があたったのは、やはり信濃屋で手代として働いていたことがある久平《きゅうへい》という
行商人でした。その話が少々込み入ってましてな」

左衛門も菓子を摘み、頬張りながらいった。

「十年前に、信濃屋は日本橋の本店とは別に、本所にも店を新築したらしいのですが、
店が出来上がる直前に火事を出した。その責任を取って、剛吉《ごうきち》という大工の棟梁が首
を吊ったそうなのです」

突然、おウメが茶を注いでいた急須を取り落とした。急須が文史郎の湯呑み茶碗に
あたり、お茶が畳の上にぶち撒《ま》かれた。

「あ、たいへん。どうしたの、おウメ」

お諒が叫んだ。

文史郎の着物の裾に茶がかかった。

「申し訳ありません」

おウメはおろおろと、帯に挟んであった手拭いを取り、文史郎の着物にあてた。

「大丈夫だ」

文史郎はおウメの手から手拭いを取り、畳に拡がったお茶を拭いた。

「申し訳ありません。粗相をしてしまい」

おウメは真っ青な顔で慌てふためいていた。

「おウメ、台所から、雑巾を持ってきて」

「はい」

おウメはお諒の声に弾《はじ》かれるように立ち上がり、台所へ急いだ。

「申し訳ありませぬ」

お諒は文史郎から手拭いを取り上げ、着物にかかった水滴を拭いた。

「いったいどうしたのかしら？　おウメちゃんは、普段、こんな粗相は決してしないのに」

お諒は何度も文史郎に謝った。

「いや、心配いたすな。これしき、すぐに乾いてしまう。大丈夫」

文史郎は着物の濡れた箇所を叩きながらいった。

「ほんとに申し訳ありませぬ」

お諒が謝る間に、おウメが雑巾と手桶を手に駆け戻った。

「相談人様、申し訳ありません。御免なさい」

おウメはおろおろしながら、雑巾で畳の上を一所懸命に拭いた。

「ただいま、新しいお茶をご用意いたします」

お諒は立ち上がった。

「御女中、もう茶はいい。それがしたちは、少々込み入った話をせねばならぬ。悪いが、二人とも、しばらく席を外してくれ」

「さぞ、お怒りなのでしょう。申し訳ありません。どうぞ、お許しくださいませ」

お諒とおウメは、慌てて文史郎の前に平伏した。文史郎は笑いながらいった。

「二人とも心配いたすな。それがしはなんも怒っておらぬぞ。誰でも失敗するものだ。なんとも思うておらぬから安心しなさい」

左衛門も取り成すようにいった。

「そうですぞ。殿は心が広い。そんなことで怒りはしない」

「そうそう。特に女子のやることには甘いので、安心いたせ」

大門が便乗していった。

お諒とおウメはようやく安堵した顔になり、座敷から出て行った。

「いったい、おウメはどうしたのですかのう?」

左衛門は小首を傾げた。文史郎は左衛門に促した。

「爺、さっきの話の続きをしてくれ」

「あ、はい。そうでしたな」

左衛門は我に返ったように、うなずいた。

「どこまで話しましたか。ああそう、大工の棟梁の剛吉が首を吊ったところまででしたな。剛吉は江戸でも一、二の腕の大工の棟梁だった」

当時、信濃屋久利衛門は商売の拡大を考えていて、本所にも新しい店を開こうとしていた。

その新店の新築を請け負ったのが、大工の棟梁剛吉だった。

普請工事は順調に進み、棟上げも済んで、いよいよ完成間近となったとき、突然、建築現場から火災が起こり、九割方出来上がっていた建物は焼け落ちてしまった。

出火の原因は、剛吉の下で働いていた大工見習いの火の始末が悪かったためだった。

だが、剛吉は弟子である大工見習いを責めることもせず、すべての責任は自分にあるとしていた。

そのとき、信濃屋と剛吉の間で、どういう契約になっていたのか分からないが、火災で全焼してしまったので、信濃屋は剛吉に建築資金の支払いをしなかった。

そのため、剛吉は立て替えていた建築資金の千両すべてを借金として背負うことになった。

しかし、千両もの金は、剛吉一人の力ではとうてい返せる額ではない。借金苦に陥った剛吉は責任をとってお詫びするという遺書を残し、首吊り自殺をしてしまった。

剛吉の死後、借金取りは容赦なく剛吉の遺族を責め立てた。

そのため、お内儀が後追い自殺した。残された息子と娘は、借金取りから逃れるため、密かに姿を消してしまった。

「久平の話では、そのとき、剛吉と建築費用をめぐって交渉にあたっていたのが、いまの大番頭の須兵衛だった。久平は須兵衛の下で働いていたので、その事情をよく知っておったようです」

「どういうことなのだ？」

「本所の店を新築するにあたって、剛吉は信濃屋から前金を受け取っただけで、あとは出来上がってからという約束で建築を進めたそうなのです。まさか、火事で全焼するとは思わないから、剛吉は自分を信用してくれる材木店をはじめ、左官や瓦屋などに頭を下げ、借金を重ねて建築費用を調達していた。当時、信濃屋もいろいろ出入りがあって、資金に余裕がなかった時期でした。そのため、全焼してしまった建物の建設費など払えない、と番頭の須兵衛はすげなく剛吉の要請を拒んでしまったのです」

「そのことを久利衛門は知っていたのか？」

「久平によると、久利衛門は知らなかっただろう、といっていましたな。番頭の須兵衛は、久利衛門から本所店の新築について任されていましたから、いちいち久利衛門に報告はしていなかったそうなのです。しかし、まさか、剛吉が首吊り自殺をするとは、須兵衛も思いもしなかった。須兵衛はますます久利衛門に知らせることができなくなり、うやむやにしようとした。だから、久利衛門はまったく知らなかったといっていいでしょう」

「なるほど。ということは、久利衛門は知らないが、須兵衛は脅迫状にあった十年前の落とし前とは、もしかして、大工の棟梁の剛吉の自殺にからむことかもしれない、と分かっていたのだな」

「そういうことですな」

「それなのに須兵衛は黙っていた」

「いえば藪蛇《やぶへび》でしょうからね。もしかして違うかもしれないわけですし」

「ところで、父剛吉と母親が死んだあと、姿を消した息子と娘のその後のことです」

「うむ」

「息子は幸吉《こうきち》、娘は美鈴《みすず》というそうですが、二人は当時、幸吉は十歳、美鈴は六歳と小さかったのですが、借金取りたちに捕まれば、借金の形《かた》として、幸吉はどこかの丁稚に、美鈴は女郎屋にでも売り飛ばされるところだった。そうはさせられない、と剛吉の下で大工見習いとして働いていた近蔵《きんぞう》が引き取って育てたそうなのです」

「ほう。感心な男だな」

「実は火の不始末をしでかしたのが近蔵だったのです。だから、近蔵は罪滅ぼしに親方の子である二人を助けたんです」

「そうか。罪滅ぼしだったというのか」

「近蔵の生家は仕立屋で、近蔵はその家業を継ぐのが嫌さに、憧れの大工になろうと剛吉の下に丁稚奉公していたんです。だが、自分の不始末もあって、大工になる夢も潰れ、二人の子を連れて、実家に戻った。そして仕立屋を継いだ」

「では、剛吉の子たちは、近蔵の家にいるのだな」

「どうやら、そうではないらしいのです。久平が久しぶりに近蔵と会ったら、幸吉は妹の美鈴を連れて家出をしてしまったそうなのです。噂では、幸吉は悪い仲間と付き合っているらしいというのです」

十年前に幸吉十歳、美鈴六歳だったとすれば、いま幸吉は二十歳過ぎの立派な大人だし、美鈴も十六歳という一人前の娘になっているはずだ。

もしかして、幸吉が十年前の父に対する信濃屋の仕打ちを恨んで脅迫状を出したのかもしれない。

文史郎は訝った。

「二人は、いまどこにおるのかのう？」

「幸吉は深川界隈にいる悪い仲間と付き合っているという話なので、帰りに南町奉行所に寄り、小島啓伍《こじまけいご》殿を訪ね、配下の忠助《ちゅうすけ》親分たちに幸吉と美鈴の所在を調べてもらえないか、お願いしておきました」

「そうか。しかし、小島から事情を聴かれなかったか？」

小島啓伍は南町奉行所の定廻《じょうまわ》り同心で、以前から協力してくれている町方役人だった。

「一応、理由を聴かれましたが、あとで必ず事情を話すからということで、了承してもらいました」

「うむ。それでいい」

文史郎はうなずいた。

「ところで、おぬしらが出掛けている間に、それがしのところにも思わぬ話が入っておる」

文史郎は源次から聞いた話を語って聞かせた。

話し終わると、大門と左衛門は考え込んだ。

左衛門は声を低めていった。

「殿、もしかすると、もしかするかもしれませんな」

「爺もそう思うか?」

文史郎は左衛門の顔を見た。左衛門は文史郎の目を見、ゆっくりとうなずいた。

「はい。爺も。念のため、ちゃんと調べてみなければなりませんが」

「うむ」

——さすが爺は勘がいい。長年付き合っているだけのことはある。

大門が面食らった顔でいった。

「ちょっと待って。お二人は、いったい何を話しているのです? もしかすると、もしかするって、どういうことなのです?」

左衛門が大門を宥めるようにいった。

「ま、大門殿には、あとで爺がお話しします。殿、これから、いったいいかがいたしましょうや？」

「まずは、大番頭の須兵衛に事情を聴こう」

「畏まりました。では、須兵衛殿を呼んで来ます」

左衛門は立ち上がり、そそくさと座敷から出て行った。大門は文史郎に膝を詰めた。

「殿、それがしに先程の話を教えてください。いったい、どういうことなのです」

文史郎はあたりを見回し、人気《ひとけ》がないのを確かめた。

「それは、こういうことだよ」

七

大番頭の須兵衛は大きな軀を小さくし、頭を垂れて、うなだれていた。

大門は問い質《ただ》した。

「どうなのだ？　番頭さん、正直にいってくれないか？」

「……はい。確かに旦那様は中番頭の耕平を馘にしました。耕平は店の金に手を出したのですから、当然の報いです。それも耕平は店の稼ぎを預かる立場にいながら、知らぬ顔で三百両という大金を懐に入れていたのですからね。旦那様もお怒りになるのはもっともなことでしょう？」

「やはり、そうだったか。でも、なぜ、それを黙っていたのだ？」

「旦那様も私も、それが脅迫状に書かれた落とし前とは思わなかったので」

「おぬしたちは、そう思わなくても、耕平は辞めさせられたことに恨みを抱いていたかもしれないではないか」

「確かに」

大門は、文史郎と左衛門をちらりと見ながら、これからが本番といった顔でいった。

「もしや、旦那さんは、耕平を馘にしたものの、何か弱みを握られていたということはないか？」

「弱みですか？」

須兵衛は訝った。

「三百両を横領して馘になったにしては、耕平はまるで反省していないようではないか。しかも、今度は落とし前として千両もの大金を要求してくるとは不届き千万だ。耕平は、千両を払わねば、何か信濃屋の不祥事を暴露するつもりではないのか？」

「耕平が脅迫状を出したというのですか？　まさか」

須兵衛は首を左右に振った。

「違うか？」

「相談人様、耕平は去年春、病気で亡くなったんですよ」

「亡くなっただと」

大門は泡を食った。

「はい。耕平は長患いで寝ていたらしいのですが、ご遺族から一応連絡がありまして、旦那様も耕平は一時は信濃屋で働いてくれた人だからと、過去のことは水に流して、ご遺族に香典を届けさせたくらいですから」

「なんで、それを早く申さなかったのだ？」

「済みません」

「もしかして、耕平の遺族が、香典だけでは飽き足らず、耕平から聞いた何かで、信濃屋を脅そうとしたのでは」

「耕平の遺族といっても、子供はいないし、お内儀《かみ》さんとはとうの昔に離縁していますので、安房《あわ》の田舎に住んでいる年老いた両親ぐらいですから」

「そうか」

大門はがっくりと肩を落とした。

「大門殿、ま、そうがっかりなさいますな。まだ、こっちの話がありますでな」

左衛門はにやっと笑いながら、須兵衛に向き直った。

「番頭さん、おぬし、旦那さんに隠していることがあろう？」

「まさか。私は天地神明に誓って旦那様に隠しごとなどしておりませぬ。左衛門様は何をもって私が、旦那様を裏切るようなことをしたとおっしゃるのですか」

須兵衛は憤然として、左衛門に食って掛かった。

「大工の棟梁、剛吉のことだ」

「剛吉さん……」

須兵衛の顔色は見る見るうちに変わった。

「番頭さんは、本所に新築途中の店が失火で焼け落ちたとき、剛吉さんから、未払いの建築費を払うようにいわれたが、断ったそうではないか」

「……は、はい。それには事情が」

「どういう事情かね」

「ちょうど、生糸相場が落ち込んだときでして、店は大赤字でてんてこ舞をしていたのです。それで、建築中の店について、前払金だけでお願いし、あとの支払いは建物が出来上がってから支払う約束だったのです」

「なぜ、信濃屋久利衛門さんは、剛吉さんに店の建築をやめるといわなかったのだ？」

「一応、やめるといったのです。ところが、剛吉さんは、大工の棟梁の面子《めんつ》にかけて、建築途中の普請を放棄しなかった」

「そうなんです。私は止めたのに」

「剛吉さんは店が完成したら、信濃屋から建築にかかった費用がすべて支払われるという約束を信じ、いろんなところから借金をして建築を続けた」

「…………」

「なのに、九割方出来上がったところで、失火し全焼してしまった。剛吉さんは信濃屋のために立て替えていた千両もの借金を抱えたので、なんとかしてほしい、と窮状を信濃屋久利衛門さんに訴えて助けてほしいといおうとした。だが、それを大番頭のおぬしは断ってしまった」

「…………」

須兵衛は顔をしかめた。左衛門は続けた。

「悪いが、その後の剛吉さんのことを調べさせてもらいましたよ」

「…………」

「断られた剛吉さんは流行病《はやりやまい》などではなく、思い詰めて、家の鴨居に紐を掛け、首を吊って死んでいた」

「………」

須兵衛は身を縮込ませた。顔は蒼白になっていた。

「大番頭さん、剛吉さんが首吊り自殺したのを知っていたでしょう？　昔、おぬしの下で働いていた番頭が、おぬしの命令で、香典を持って葬儀に参列したといってましたよ」

「……申し訳ございません。ほんとうに、そんなことになるとは思いもよらなかったのです」

「なぜ、旦那様に一言でも相談しなかったのだい？」

「………」

須兵衛はうなだれ、ぶるぶると軀を震わせた。

「剛吉さんが亡くなって、その後、お内儀さんや息子と娘は、どうなったか、御存知かな？」

「いえ」須兵衛は頭を左右に振った。

「大勢の借金取りが、連日、剛吉さんの家に押し寄せ、とうとうお内儀さんも心労で亡くなってしまった」

「…………」

「残された息子と娘のその後のことは知っているのかね？」

「いえ」

「当時、十歳だった息子の幸吉は、いまは二十歳過ぎの立派な大人になっている。当時六歳くらいの妹の美鈴も、いまは十六歳の娘になっているだろう」

「…………」

「彼らが父親の剛吉の首吊りの理由を知ったら、信濃屋久利衛門さんを恨みに思っても仕方がない、と思わないですかな」

「……ほんとうに申し訳ない、と思っています」

「いまからいっても詮ないことだが、もし、おぬしが久利衛門殿に一言でも相談していたら、恨まれるようなことには……」

「相談人様、私、確かに旦那様には申し上げませんでしたが、若旦那様には申し上げていたのです」

須兵衛は思い切ったように顔を上げた。

文史郎は訝った。

「若旦那というのは、長男の織兵衛か？」

「はい」

「なぜ、織兵衛にはいったのだ？」

「本所の新店は、後継ぎである若旦那の織兵衛様が店主になる予定でした。それで、建築のことは、すべて若旦那様が采配を揮《ふる》うことになっていたのです。私は大旦那様から、若旦那様の面倒を見るようにいわれていたのです」

「なるほど」

「それで、若旦那様には、ぜひ、剛吉さんとお会いして、借金の一部でも信濃屋が払うべきだと申し上げていたのです」

「それに対して、若旦那はなんと？」

「若旦那様は、いまは払いたくても、店の台所が火の車だから払えない。だから、剛吉さんには、建物が出来上がっていないのだから、と知らぬ顔をしろと」

「織兵衛なら、そんなことをいいそうだな」

「若旦那様は、すべて大番頭の私の責任だ。おまえがなんとかしろと。そうこうしているうちに、剛吉さんが首を吊ってしまったのです。それで若旦那様は、自分は知らない。すべての責任は大番頭のおまえが背負えとおっしゃって、ご自分は知らぬということになさったのです」

「そうだったのか。けしからん」

大門は怒りを顕わにして憤慨した。左衛門は問い質した。

「信濃屋久利衛門は、そのことを知らなかったのか？」

「知りません。若旦那様は、私に大旦那様には決していうなよと命じたのです。私は、それでいえなかったのです」

大門が疑問を呈した。

「どうして。若旦那の命令など守らなければよかったではないか。若旦那の失態を、大旦那に告げればよかったではないか」

「そうはいきません。大旦那様は、私に若旦那様を助けて、なんとか一人前の商人にしろ、と厳命なさったのです。その期待を裏切るわけにはいきません。それに、新店のことは、全部若旦那様がやると公言していたのです。若旦那様は初仕事をやりとげることで、大旦那様に一人前の商人として認めてもらいたいとお考えでした。私としては、そんな若旦那様の意に反するようなことはできませんでした。すべては、私が責任を持てばいいことと思ったのです」

「なるほど。そういうわけだったのか」

文史郎は腕組みをした。須兵衛は心配顔で訊いた。

「相談人様、脅迫状はほんとに剛吉さんの息子さんたちの仕業なのでしょうか?」

「まだ、そうと決まったわけではないが、なぜ、そんなことをいうのだ?」

「実は、若旦那様は、あれは次男坊の今兵衛様が書いたか、誰かにやらせたものだ。だから、相手にしないでいい、とおっしゃっているもので」

「それは、拙者も織兵衛から聞いた。ということは、織兵衛は剛吉の自殺に、何も負い目を感じていないのかのう?」

「いえ。その反対です。織兵衛様はあの脅迫状が剛吉さんの件ではないか、と気にしているのです。だから、そう思いたくない。なのに弟の今兵衛様が、何か事情を知っているような口調で話し、織兵衛様を責めるので、織兵衛様は腹を立てているのです。弟なら、自分を助けてくれてもいいではないか、と。昔は、兄弟仲がよかったのですがねえ」

須兵衛は頭を振りながらいった。

「こんなことをお願いしては、余計なことかもしれないのですが、相談人様のお力で、なんとか二人を仲直りさせていただけないものか、と……」

「うむ」

文史郎は腕組みをし、考え込んだ。

八

水茶屋は大勢の客で賑わっていた。

日本橋の上は、旅人や行商人、買物客たちで賑わっている。

文史郎と左衛門は、店先の縁台に座り、注文を取りに来た仲居に、それぞれ玉露と大福餅を頼んだ。

先に来ていた南町奉行所定廻り同心小島啓伍は、茶を飲みながら、大福餅を旨そうに頬張った。

隣の長椅子に忠助親分と子分の末松《すえまつ》が、やはり大福餅に取り組んでいた。

「いかがなものかな？　何か分かったかね」

文史郎は小島に尋ねた。小島は頬張っていた大福餅を飲み込みながら、いった。

「親分が調べてくれました。剛吉の息子幸吉は、深川の岡場所近くの裏店《うらだな》に住んでいました」

「幸吉はどんな仕事をしているのか？」

「渡り大工をしているそうです。大工の棟梁の息子だけあって、筋はいいらしい。若いのに、あちらこちらから引っ張りだこになっているが、いかんせん、博打《ばくち》が好きで、金が入ると、博打場に出入りしている。そこで知りあった悪《わる》の仲間と岡場所なんぞへ行って、金が無くなるまで遊びほうけているそうです」

「男は、若いうちに多少遊んでいなければ、一人前の男にならんだろう？」

文史郎は幸吉が渡り大工をしていると聞いて、いくぶん救われた気分になった。やはり蛙の子は蛙なのだろう。大工の棟梁までしていた親父の血は争えないものだ。

「で、妹の美鈴については？」

小島は忠助親分に顔を向けた。

「妹は親分に調べさせた。親分、妹について調べた結果をお話ししろ」

忠助親分がお茶をごくりと喉を鳴らして飲んでから話した。

「は、はい。いまはいませんでしたね。末松に長屋の住人に聞き込ませたんですが、最近、妹は長屋に戻ってねえらしいんで」

「ほう。どこにいると？」

「長屋のおかみさんたちによれば、日本橋の大店に奉公に出ているという話でした。な、そうだな、末松」

「……へい。……ううう」

末松は大福餅を慌てて飲み込み、喉に詰まらせ、目を白黒させながらうなずいた。

「大店？　どこだといっていた？」

文史郎は末松が餅を飲み込むのを待った。

末松はようやく落ち着き、茶を飲んだ。

「……日本橋の大店といってましたから、このあたりの呉服屋か太物屋《ふともの》でやしょう。片っ端からあたったんですが、どの店でも美鈴なんて娘はいねえんです。もしかして、小娘は偽名で奉公しているんじゃねえかと……」

「おいおい。末松、美鈴は何も悪いことはしていない。拙者たちは、美鈴という娘が、いまどこで、どうしているかが心配だから捜しているだけだ。あくまで穏便に頼むぞ。折角《せっかく》、いいところに勤めたというのに、おぬしらが嗅ぎ回ったために、店を馘にされたなんてことになったら困るからな」

文史郎が末松をたしなめた。忠助親分もどやしつけた。

「そうだぜ、末松。おめえは、すぐに下手人探しのように聞き込むからな。悪い癖だ」

「へい、済みません」

末松は頭を掻いた。左衛門が訊いた。

「で、結局、分からなかったのだな？」

「いえ。美鈴を大店に紹介した口入れ屋を捜したんです。大店となれば、ちゃんとした身許が必要だし、それを保証する口入れ屋がいねえとなんねえ」

「で、その口入れ屋は見つかったのか」

「そこは、あっしら岡っ引きの得意とするところですからね。美鈴が住んでいる裏店の界隈では、利兵衛《りへえ》という口入れ屋が有名でやして、利兵衛にあたったんです。そしたら、幸吉から頼まれ、利兵衛は美鈴を、おウメという名で信濃屋へ紹介したと」

「やはり……」

文史郎は左衛門と顔を見合わせた。

「知っていたんですかい？」

「いや、そうではないか、と思われる娘がいるのだ」

「そうですかい。なんだ、御存知だったんですかい」

末松はがっかりした顔になった。

「利兵衛は、なぜ偽名で信濃屋へ斡旋したのだ？」

忠助親分が脇から口を出した。

「いや、奉公人の斡旋には、しばしば、人別《にんべつ》帳に載っていない家出人や訳ありの人がいて、その人物さえ、信用できれば、偽名や通称で紹介することがあるんですよ」

「なるほど」

文史郎は左衛門とうなずき合った。

「親分、よく調べてくれた。これは少ないが謝礼だ。取っておいてくれ」

文史郎は懐紙に包んだ二朱銀二枚を忠助親分に手渡した。

「いいんですかい。じゃあ、遠慮なくいただいておきやす」

忠助親分は拝むようにして、懐紙の包みを受け取り、懐に捻じ込んだ。

「ところで、殿は、今度はどのような相談事を引き受けたのですかな」

小島啓伍が遠慮がちに訊いた。文史郎は頭を振った。

「少々ややっこしいことでな。わしらの手に余るようであったら、おぬしに話す。それまでは黙って見ていてくれぬか」

小島は笑った。

「分かりました。それがしたちも無闇に事を荒立てたくはありませんので。もし、それがしたちの手が必要でしたら、いつでもお申し付けください。すぐに駆け付けます」

「うむ。ありがとう。そのときには、よろしくお願いいたす」

文史郎は小島に感謝した。

同心や岡っ引きの中には、火のないところに煙を立たせ、口止め料やら揉み消し料などをせしめる者がいる。小島は、そういうことがない男だった。

九

文史郎と左衛門が信濃屋に戻ると、留守番役をしていた大門と須兵衛が、ほっとした顔で二人を出迎えた。

「早速でございますが。相談人様、鴉から、また脅迫状が一通届いたそうです」

「今度は、どんな要求だったのだ」

「これが脅迫状です」

須兵衛は四つに折り畳んであった手紙を文史郎に差し出した。

「どれ」

文史郎は手紙を開き、目を通した。

『一筆啓上仕り候。先般、申し上げた落とし前千両につき、明後日夕刻、受け取りに参上仕る。万が一、奉行所に訴えたり、千両御用意なき場合、信濃屋に、小火では済まぬ、大きな禍《わざわい》が降り掛かるやもしれぬことご承知おきくださいますよう……』

末尾に鮮やかに鴉の絵が躍っていた。

「今度のは完全な脅しですな」

左衛門はいった。大門は唸った。

「どうやら、小火も自分たちの仕業だと認めたようですな」

「明後日夕刻までか」

文史郎は腕組みをし、傍にいた須兵衛に向いた。

「久利衛門殿は、いかがいたすつもりだ？」

「大旦那様も、千両など滅相もない、とおっしゃっていました。千両といえば、大金、いくらうちが大店とはいえ、明日明後日の二日で、そのような大金を右から左へ用意できるはずがありません。各出店が保有する金を搔き集めてのことです」

「なるほど」

「それに、若旦那の織兵衛様が大旦那に、そんな金を集める必要なし、と反対していました。そのために相談人にお願いしているのだから、と」

「織兵衛は、そんなことをいっているのか。十年前のこと、まったく反省しておらぬな」

「そうなのです。それで、私も、もう黙っているわけにいかず、お店を辞《や》める決心をし、大旦那様に、これこれしかじかと、すべてをお話ししました。責任は私にあると」

「ほう。それで」

「大旦那様ははじめ、驚いておられました。なぜ、剛吉さんがうちのために多額の借金を重ねたということを、十年前に教えてくれなかったか、と叱られました」

「だろうな」

「私は、そのとき、若旦那様の命令で申し上げられなかったことを打ち明けましたら、早速、大旦那様は若旦那様を呼び付け、なんてことをしてくれた、と詰《なじ》りました」

「うむ」

「もし、十年前の落とし前が、信濃屋久利衛門が剛吉の窮状を救わなかったことを指しているなら、そして、鴉が剛吉の息子の幸吉のことなら、お詫びをせねばならない、と。千両をお払いして済むのなら、千両をお払いしよう、と大旦那様はおっしゃっているのです」

「そうか。久利衛門殿は、そこまで決心なさったか」

「はい。ですが、若旦那様は、鴉が幸吉とは限らない、しかも、なぜ千両なのかも分からない。こうした脅迫には、一度でも応じると、味をしめた相手が、これから何度でも要求してくる。だから、鴉が幸吉かどうか。さらに幸吉だとして千両を支払っても、今後、二度と同じ要求はしないと約束させるべきだ、とおっしゃっているのです」

「なるほど、それはそうだのう」

「そこで、相談人にお願いです。鴉が幸吉か否かを確かめていただけないか。もし、相手が幸吉として、千両をお払いしたら、それでお仕舞いにしてほしい、と交渉していただけないか、と」

文史郎はうなずいた。

「分かった。なんとかしよう。のう、左衛門、大門？」

「しかし、どうやって、鴉と交渉するというのですか？」

大門が訝った。左衛門は大門にいった。

「大丈夫、殿にはお考えがあるのだ」

左衛門は文史郎の顔を見た。文史郎は鷹揚にうなずいた。

十

おウメは文史郎が部屋に呼んだだけで、青ざめていた。

大門と左衛門は、おウメを恐がらせないよう、廊下や隣室に引き下がって、文史郎とおウメのいる座敷に誰も近寄らぬよう、それとなく見張っていた。

「おウメ、おぬしは、本当は美鈴と申すのだろう?」

文史郎は、優しくおウメに尋ねた。おウメは軀を硬直させ、顔面が蒼白になった。軀がぶるぶると震えている。

「恐がらなくてもいい。それがしは、十年前に、おぬしの父親剛吉が信濃屋から受けた酷い仕打ちを知っている。剛吉がなぜ首を吊ったか、そして、おぬしと兄の幸吉が、その恨みを晴らそうとしていることも、ようく存知ておる」

「…………」

「それがしたちは、おぬしと兄の幸吉を責めるつもりはない。奉行所に訴えることもするつもりはない。おぬしたちの信濃屋久利衛門への恨みつらみ、ようく分かっているつもりだ。だが、脅迫状など出さず、正面から堂々と信濃屋久利衛門に会って、事の次第を話して、慰謝料や賠償金を請求してからでも、遅くはなかったのではないか」

「……………」

おウメは俯いたまま黙っていた。

「こんな人を脅すようなやり方は卑怯だ。たとえ、これで千両を手に入れたとしても、一生世間に顔向けできぬ生活をせねばならぬのだぞ」

「……………」

「どうだろう？　脅迫などやめて、正々堂々、久利衛門殿に話をして、剛吉殿の墓前で謝罪をさせ、しかるべき慰謝料なり、賠償金を請求したらどうだろうか？　それなら、わしたち相談人もおぬしたちの味方になり、久利衛門殿に交渉するが。一度、兄者と相談してくれぬか？」

「……申し訳ありません、相談人様」

おウメはその場に泣き伏した。文史郎は肩を震わせて泣くおウメを見つめた。

しばらくして、おウメはようやく泣きやみ、顔を上げた。真っ赤になった目で文史郎を見つめた。

「どうだな？」

「私は兄にいったのです、こんなやり方はいけない、と。でも、兄はほかの悪い仲間に脅され、逃げられなくなっているのです。どうか、相談人様、兄を助けてくださいませ。私はどうなってもいいのです。兄さえ助けていただければ」

おウメは必死の形相で文史郎を見上げた。

「その代わり、私をどうか、火付けの下手人として奉行所へ引き立ててくださいませ」

文史郎はおウメを見返した。

「ほう。おぬしが、このところのすべての小火騒ぎの下手人だと申すのか？」

「……は、はい」

おウメは顔を伏せた。

おウメが口籠もったのを文史郎は見逃さなかった。文史郎はわざと笑った。

「六件の小火全部が、おぬしの仕業だというのか？」

「は、はい」

おウメは覚悟を決めた様子だった。

「だが、おぬしが、いくら火付けの犯人だ名乗り出ても、証人がおらねば、お上《かみ》はすぐには信じはせぬぞ」

「でも、確かに私がやりました。間違いありませぬ」

「いずれの小火も幸い火元の発見が早かったから、火事にならずに済んだ。そうだな」

「はい」

「おぬしも、たしか、最初のころの小火を見付けた一人だと聞いたが、どういうことか」

　文史郎は首を傾げた。

「……はい」

「もし、火を付けたのがおぬしなら、なぜ、そんなことをした？」

「……ほんとうに店が火事にならぬうちに早いうちに消そうと思ったのです」

　文史郎はおウメをじろりと見つめた。

「わざわざ火を付けたのに、火事にならぬようにするというのか？」

「ほんの少し小火騒ぎになればよかったのです。ほんとうの火事になっては困るのです」

「つまり、脅しのためだ、というのだな」

「はい」

「誰に、そうしろ、といわれた？」

「…………」

おウメは下を向いて口を噤《つぐ》んだ。

「おぬしは兄者にいわれて、そうしたのだな？」

おウメは俯いたまま、何も答えなかった。

文史郎はおウメに向き直った。

「美鈴、それがしを兄者に引き会わせてくれぬか。悪いようにはせぬ。それがしが、兄者をなんとか悪い連中の手から救《たす》け出す。いかがかな」

「お願いいたします。なんとか、兄をお助けくださいませ」

美鈴は覚悟した様子だった。

「兄者はどこにいる？」

「それは、私も知りません。ですが、今夜、いつものところへ来るように呼び出されています」

「そうか。そのときに、それがしたちが気付かれぬよう、密かにおぬしに付いて参ることにしたい。何か危険を感じたら、それがしたちを呼べ。いいな」

「はい。どうぞよろしく、お願いいたします」

美鈴はやや青ざめた険しい顔で、文史郎を見上げ、頭を深々と下げた。

十一

陽が落ち、江戸の街が夕闇に覆われはじめた。

昼間の暑さが衰え、夜の涼気に取って代わった。

文史郎は薄暗くなった縁側に腰を掛け、更けていく庭の気配に耳を澄ましていた。池に棲む蛙の鳴き声があたりに響いている。

空には雲がかかり、星影や月影は見えない。

大門は座敷の畳に横たわり、軽く寝息を立てている。早めの夕餉《ゆうげ》を摂ったあと、夜に備えて仮眠を取っている。

蛙の鳴き声がやんだ。暗闇に人の動く気配がした。

文史郎は傍らの刀を引き寄せた。

「誰だ？」

「源次めにございます」

暗がりに潜んだ小さな黒い影が小声で告げた。

「どうした？」

「おウメが家を抜け出しました」

「そうか。爺は？」

左衛門が裏口の近くに、源次と張り込んでいた。

「左衛門様はおウメのあとを尾け、先に出ました。あっしがご案内します」

「うむ。頼むぞ」

文史郎は座敷の大門を振り向いた。

「大門、起きろ。行くぞ」

文史郎の声に、大門ががばっと起き上がった。

「…………」

暗闇に大門はまだ事態が分からない様子で、あたりをきょろきょろ見回している。

「飯ですかの」

「大門、なにを寝呆けている。夕食はさっき摂ったばかりではないか」

「殿。ここは、どこでござる？」

大門の影がのっそりと立ち上がった。

文史郎は草履を履いて庭先に立った。

「行くぞ。おウメが動き出した」

「……おウメ？　あ、そうでござった。いま行きます」

大門は急いで縁側に出て来て、草履に足を突っ掛けた。大門は縁側に立て掛けてあった心張り棒を手に持った。

「こちらへ」

源次の影が先に立って歩き出した。文史郎は大門を従えて源次のあとに続いた。

源次は裏木戸を音もなく開け、外の気配を窺った。

「こちらへ」

源次の影が文史郎を振り向いていった。

雲の切れ間から細い月が見え隠れしている。それでもかすかに月明かりが足許を朧《おぼろ》に明るくしている。

「提灯の灯は落とさせていただきやす」

源次が小声でいった。

「うむ」

源次は腰を屈め、文史郎と大門を振り返り振り返り歩き出した。

街は静まり返っていた。ほとんどの家々の明かりは消えている。辻番屋の常夜灯や、飲み屋の掛け行灯が通りに仄《ほの》かな光を浮かべている。

　傍らの大門が文史郎に囁いた。

「左衛門殿がおウメを見失わなければいいですがな」

　源次が振り向いた。

「大丈夫でしょう。以前におウメが若い男と落ち合った場所に行くと思いますから」

「ここから遠いのか？」

「いえ。近いです。ほんの一、二丁」

　源次は路地から路地、辻の番屋を巧みに避けるように道慣れた足取りで進んで行く。

　やがて、掘割沿いの道に出た。源次は足を止めた。

「あの橋の袂でやす」

　掘割に架けられた橋の袂に、ぶらり提灯の灯がほんのりと二人の人影を浮かび上がらせていた。

　文史郎は足を止めた。

　男と女だった。

　相手の男は低い声で話している。何を話しているのかは、聞き取れない。

「殿、川向こうに」

大門は心張り棒を握り、対岸の橋の背後に黒々と影を作る蔵に目を凝らした。

「うむ。分かっている」

文史郎はうなずいた。

対岸の蔵の陰に何者かが息を殺して潜んでいる。一人、いや数人だ。

橋の手前に小さな稲荷社があった。

社《やしろ》の陰にも人影が一つ蹲《うずくま》っているのが見えた。

「大門、おぬしたちはここで待て。呼ぶまで決して出てくるな」

「うむ」

大門はうなずいた。

文史郎は忍び足で社に近付いた。

社の陰に潜んだ小柄な人影がびくっと動いた。影は素早く身構えた。

「殿？」

文史郎は社の陰に蹲る人影の傍らに滑り込みながら囁いた。

「あれは、おウメか？」

「は、はい」

「相手は？」

「兄の幸吉らしいです」

文史郎は十間ほど離れた橋の袂の人影を窺った。

ぶら提灯の明かりの中で、おウメが袖を目にあて泣いていた。

傍らに立った町人姿の男は、しきりにおウメを宥めすかして、何事かを説得しようとしている様子だった。

何を話しているのか、聞き取れない。

「爺、ここにいろ」

文史郎は左衛門の肩を叩き、静かに社の裏から出た。鳥居を潜り、橋の近くの柳の木に忍び寄った。

「……そんなことできません」

「美鈴、これが最後だ。一世一代の大仕事なんだ。頼む」

「嫌です。兄さん、そんな恐ろしいことはやめてください」

おウメは必死に幸吉に頼んでいた。

対岸の蔵の陰から黒い人影が一人現れ、橋を渡り出した。

「どうでえ。幸吉、話はついたかい？」

顔は暗くて見えなかったが、今兵衛の声だった。

「若旦那様じゃありませんか！」

おウメが顔を上げ、驚きの声を上げた。

「おウメ、驚いたかい？」

ぶら提灯の明かりに、今兵衛の顔が浮かんだ。幸吉が今兵衛に向いた。

「若旦那、いま、言い聞かせているところだ。いま少し待ってくれ。なんとか説得する」

「若旦那様、どうして、こんなことに手を貸しているんですか」

おウメが声を張り上げた。

今兵衛が嘲《せせ》ら笑った。

「仕方ねえじゃねえか。親父や兄貴が、あんたたちの親にやった仕打ちは酷すぎらあ。千両でも、まだ足りねえと思うぜ」

「でも、それは私たちのおとっつあんやおっかさんが受けた仕打ちで、若旦那は関わりないことじゃありませんか」

「ははは。それが、大いに関わりがあるんだな、これが」

今兵衛は幸吉と顔を見合わせて笑った。

「どういう関わりがあるんですか？」

「幸吉、妹には何も話してねえのか？」

「へえ。何も」

「そうか。だったらいい」

「どういうこと？　兄さん、私に話して」

「それは若旦那から聞いてくれ」

幸吉はぷいっとそっぽを向いた。

今兵衛はおウメに向いた。

「おウメ、いや本当は美鈴だったな。だけど、おいらには、おウメの方がいいや。馴《な》染《じ》んだ名だものな」

「若旦那様、どういうわけなのです」

「ま、いいじゃねえか。おいらの生まれのことなんぞ、いまさら、おまえが知ってどうするってんだ」

文史郎は暗がりで首を捻った。

今兵衛は「生まれのこと」といった。出自《しゆつじ》が、どう関わるというのか？

途中、今兵衛や幸吉の声が低くなり、よく聞き取れなかった。

「…………」

「そもそも、おめえをうちの店に送り込むように仕組んだのは、おいらなんだよ。幸吉に書かせた脅迫状を親父の部屋に放り込んだのもな」

「兄さんは、ともかく、若旦那様がどうして、そんなことに関わるんです？」

「どうもこうもねえさ。もとはといえば、幸吉とおめえを助けるためだ」

「私を助けるですって？」

おウメは戸惑った声になった。

「そうよ。幸吉はな、助蔵《すけぞう》親分の博打場で負けがこんで、大きな借金をこさえたんだ」

「いくらです？」

「三百両だ」

「三百両！」

おウメは絶句し、幸吉の袖を握った。

「兄さん、なんで、そんな遊びをするのよ」

「済まねえ。わけがあってのことなんだ」

「どんなわけがあってのことなのよ」

おウメは幸吉を詰《なじ》った。

今兵衛がおウメを宥めた。

「幸吉は黙っているが、幸吉は惚れた娘を救おうとしたんだ。親がこさえた借金の形《かた》に、岡場所へ売りとばされそうになっている幼馴染みの娘を助けようとな。そうだな、幸吉?」

「へえ。……」

幸吉は手でぐすりと鼻をすすった。

「誰? 兄さん、誰のこと?」

「……千草《ちぐさ》だ」

「瓦職の辰《たつ》さんのとこの千草姉さん?」

「ああ。あの千草だ。おめえも慕っていただろう?」

「ええ。でも、どうして千草姉さんが」

「辰さんも、もとはといえば、うちの親父が昔、借金を踏み倒した相手だ。辰さんもそれ以来借金漬けになって、食うや食わずの生活になっちまった。最近、その辰さんが中気で倒れて寝たきりになっちまった。おかみさんと千草が必死に辰さんを介護していたが、一家の大黒柱が倒れちまったので、千草が働きに出るしかない。そこへ、助蔵《すけぞう》親分から積もり積もった借金三百両を返せといわれた。もし、返せなければ、千草が深川の岡場所に出て、借金の一部を返すということになっちまったんだ」

　今兵衛が幸吉に代わっていった。

「そこで幸吉はあちこちから掻き集めた五十両を懐に、助蔵親分の賭場に行き、賭博で借金を返そうとした。はじめはよかったが、途中から負けはじめ、とうとう逆に三百両の借金をこさえてしまった」

「まあ、兄さん、ほんとなの？」

「嘘じゃねえ。三百両といえば大金だ。その借金の形《かた》に、幸吉はおめえさんを吉原に売り飛ばす約束をさせられた」

「兄さん、ほんとなの？」

　おウメは幸吉に摑みかかった。

「……済まねえ。おれが悪い」

　幸吉はおウメに何度も頭を下げた。

「たまたま、おいらがその博打場にいたからよかったが、そうでなかったら、おめえさんはいまごろ、吉原へ出されて、嫌でも客を取らされていたところだったんだぜ」

「そんな……」おウメは呆然としていた。

「助蔵親分にかけあって、おめえさんが、そんな目にあわねえよう、おいらが保証人になって借金の支払いを待ってもらったんだ。その期限が明後日なんだよ」

「兄さん、ほんとなの？　ね、ほんとなの？」

　おウメは幸吉に迫った。

「済まねえ、美鈴。おれが博打で負けがこんで、こんなことになっちまった。済まねえ。この通りだ」

　幸吉は橋の上に土下座して謝った。

「明後日までに三百両と、それまで待ってくれた利子百両、計四百両を耳を揃えて、助蔵親分に渡さねばならねえ。そうしないと、幸吉の命はない。おめえさんも吉原に売られちまう。それで窮余の一策として、おいらと幸吉で仕組んだのが、昔の恨みを晴らすついでに、店から落とし前の千両をせしめようとなったんだ」

「でも借金は四百両じゃなくって。なぜ、千両にもなるの？」

　今兵衛は笑った。

「四百両だけだったら、助蔵親分に借金と利子を払うだけになるじゃあないか。あとの六百両から千草を助けるための三百両、あとは、おいらと幸吉が頂く落とし前だぜ」

「兄さん、ほんとなの？」

「……まあ、そんなところだ」

「兄さんも、若旦那様も、こんな悪事を働いて、ほんとにいいと思っているの？」

おウメは二人を詰《なじ》った。

「仕方ない。でないと、おれは殺されるんだ。おまえも吉原へ売られてしまう。それでいいのか？」

幸吉は口籠もりながらいった。

「私は、どちらも嫌。でも、兄さんや若旦那様が、そんな悪事を働くくらいなら、いっそ岡場所へ身売りする方がまだいいです」

おウメは頑《かたく》なに頭を左右に振った。

文史郎は意を決して、柳の下からのっそりと歩み出た。

今兵衛と幸吉はぎょっとして文史郎に目を凝らした。

「そこにいるのは、誰でえ」

今兵衛は怒鳴った。幸吉はおウメを背に庇い、懐に手を入れた。

「今兵衛、幸吉、怪しい者ではない。相談人だ」

文史郎は大股で美鈴たちのいる橋へ向かって歩き出した。

不意に名を呼ばれた幸吉と今兵衛は金縛りに遇ったように動かなかった。

「あ、相談人様。よかった。来てくれたんですね」

おウメは幸吉の背から離れて、文史郎に駆け寄った。

「殿！」

背後から左衛門が走り寄った。

「大丈夫だ。爺、静かにせい」

「は、はい」

左衛門は文史郎の後ろに控えるように立った。

今兵衛が舌打ちした。

「なんで、ここに相談人がいるんだ？」

「相談人だと？」

幸吉はまだ懐に手を入れたままだった。

「ああ。脅迫状に震え上がった親父が、用心棒として雇った連中だ」

左衛門が文史郎の前に出ようとした。

「今兵衛、殿に向かい、用心棒として雇った連中だとは無礼だぞ」

「爺、まあ、いい。引っ込んでおれ」

文史郎は左衛門を手で引き止めた。

「殿だと？」

幸吉が驚いた。おウメが幸吉をたしなめた。

「兄さん、相談人の方々は、ほんとに偉いお武家さんたちなんですよ。その相談人様が、私たちの相談にのってくれるといってくれているんだから」

「なんだ、おウメ、おまえが連れて来たのか。余計なことをして」

今兵衛は唸るようにいい、逃げ腰になった。

「だって、まさか若旦那様まで関わりがあるなんて存知ませんでしたもの」

「おれたちを捕まえに来たのだな」

幸吉は身構えながら後退った。

文史郎は二人に手を振りながらいった。

「待て待て。今兵衛も幸吉も安心せい。それがしたちはおぬしたちを捕まえに来たわけではない。ただ話しに来たのだ」

「へ、信用できねえな。親父や兄貴に頼まれた相談人なんか」

今兵衛は振り返り、手を上げた。

蔵の陰から、二つ三つと人影が現れた。いずれも殺気を放っている。

「今兵衛、幸吉、待て。ほんとうに話しがあるのだ。大旦那は千両を出すつもりだ。ただし条件がある」

文史郎はいいながら、闇を透かし、人影を窺った。

相手は三人だった。二人は敏捷な動きで橋を渡って来る。侍ではないが、喧嘩慣れした町奴と見受けられる。

あとから来る人影は着流しの侍だった。刀の長い柄《つか》を帯から突き出し、ゆっくりした足取りで橋を渡ってくる。

侍の軀から、強烈な剣気が放たれている。

今兵衛は三人に手を上げた。

三人の影が橋の途中で止まった。

今兵衛は幸吉と顔を見合わせていった。

「相談人、嘘ではあるまいな」

「嘘ではない」文史郎はうなずいた。

「相談人、どうもおめえさんたちが信用できねえんでね。念のため、人を呼んであるんでえ」

「いったい、何者だ？」左衛門が訊いた。

「助蔵親分さんがおれたちに付けてくれた剣術遣いの先生と、腕っこきの子分たちだよ」

文史郎の背後から、大門の叫び声が上がり、どたどたと駆け付ける足音が響いた。

「殿、大丈夫でござるか」

大門が文史郎の傍らに駆け寄った。

「これで、三人対三人でござるな」

大門は心張り棒を手でしごいた。

今兵衛が訊いた。

「どういう条件だ？」

「大旦那は事情を存知ておるぞ。落とし前というのが、十年前の大工の棟梁剛吉さんに対する信濃屋久利衛門の冷たい仕打ちの慰謝料賠償金だと分かった。それで千両で済むなら出そうといっている」

「親父もようやく事情が分かったってえのかい。だけど、誰がそう教えたんだ？」

「大番頭の須兵衛だ。須兵衛が当時の事情を大旦那の久利衛門に告白したんだ。すべて後継ぎの織兵衛の命令でやったことだと。それを聞いた久利衛門は驚き、謝罪金として千両を出すつもりになった」

「そうかい。それなら話は早い。幸吉、頂くものは頂こうではないか」

「若旦那、あんたのお陰だ。よかった」

今兵衛は幸吉と喜び合った。

文史郎は二人の頃合を見計らっていった。

「条件は、これを最後とすることだ。おぬしの兄の織兵衛は、これからも何度も脅されるのは御免だといっているそうだ。千両を出すのは、今回限り。以後はなし、と約束できるか？　どうだ、幸吉、今兵衛」

「おれの方はいい。こんな要求は二度としない。だけど若旦那は、どうするか？」

幸吉は今兵衛を見た。今兵衛は頭を振った。

「親父はまだ全部を分かっていないな。十年前の剛吉さんへの仕打ちだけだと思っている。おいらの方の清算は終わっていない」

「今兵衛、おぬしの方の清算というのはなんなのだ？」

「相談人、親父に聴いてみな。お瑠伊《るい》のことを覚えていないかってな。きっとすべてを分かるはずだぜ」

「お瑠伊というのは、何者だね？」

左衛門が訝った。今兵衛は嘲ら笑いをした。

「親父に聴けばきっと思い出すさ。そうすれば、落とし前のもう半分も分かるだろうよ」

文史郎は左衛門や大門と顔を見合わせた。

「ところで、今兵衛、もう一つ、大番頭の須兵衛から頼まれたことがある」

「須兵衛からか？　なんだといっていた？」

「悪い連中との付き合いをやめ、店に戻ってくれないか、といっている。大旦那も、心からそう願っているそうだ」

「へ、親父は兄貴の織兵衛ばかり信用しているんじゃねえのかい？」

「大旦那は、おぬしが正業に戻り、兄者といっしょに店の切り盛りをしてもらいたい、と願っているそうだ」

「……誰がそういった？」

「須兵衛だ。おぬしには戻って、ぜひ兄者の織兵衛と仲直りしてほしいそうだ。昔のように兄弟仲良く、信濃屋をやってほしいと」

今兵衛は顔をしかめていった。

「親父にさっきのことを訊いてみるんだな。それでお瑠伊に謝罪するならよし。そうでなければ、おれはもう戻らねえ」

今兵衛は幸吉にうなずいた。

「さ、引き上げようぜ。親父にいいな。期限は明後日だ。受け取りには、おいらが行く。そういいな」

今兵衛はそういうなり、幸吉を引き連れ、橋を渡りはじめた。

待ち受けた用心棒たちも、一斉に引き上げはじめた。

「若旦那様」

おウメが声をかけたが、今兵衛は振り返らなかった。

十二

「今兵衛は、そんなことを申しておりましたか」

信濃屋久利衛門は溜め息を漏らした。

「どうして、息子の今兵衛が親の私を苦しめるような悪事に手を染めるのか。親として、ほんとうに情けない」

久利衛門はがっくりと肩を落とした。やや顔が青ざめていた。

久利衛門の後ろには、大番頭の須兵衛が神妙な顔で控えていた。

午前の陽射しが庭の池に瑠璃色の光を散乱させていた。どこからか蝉の鳴き声が聞こえてくる。

文史郎は久利衛門を睨んだ。

「信濃屋、おぬし、息子の今兵衛が、はじめから、この脅しに関わっていると知っていたのではないのか？」

「…………」久利衛門は目を伏せた。

「だから、あえて火附盗賊改に届け出なかった。でないと、苛酷な調べの末に、今兵衛を獄に送ることになるからと」

文史郎は腕組みをしたまま、久利衛門が口を開くのを待った。

左衛門は傍らで扇子を扇ぎ、文史郎に風を送っていた。大門は縁側に足を投げ出し、団扇をぱたぱたと音をたてて扇いでいる。

庭からの風は少しも吹き込まず、じりじりと暑さが増している。

「お察しの通りです。十年前のことといわれ、真っ先に浮かんだのは、お瑠伊のことだったのです。それで、もしや、脅迫状や小火騒ぎには今兵衛も関わっているのでは、と思い、奉行所への訴えをしなかったのです」

「なぜ、拙者たちに、そのことをいわなかった？」

「申し訳ありません。脅迫状にあった鴉の印を見て、お瑠伊のことではない、と思ったからです。私の恥を曝すことになりますので、お話しできなかったのです」

「何が恥だというのだね」

「実は……今兵衛は妾腹《しょうふく》の子なのです」

「なるほど」

文史郎は心にあった疑問が一つ解けた思いだった。

「今兵衛の母親のお瑠伊は、十年前、大川に身を投げて死んでしまったのです」

「そのいきさつを話してくれぬか」

「はい。面目《めんぼく》ない話で、いまさらどう弁解しても、弁解しきれる話ではありません」

久利衛門はぽつぽつと話し出した。

信濃屋久利衛門がお瑠伊を見初《みそ》めたのは、深川の料亭だった。いまから二十数年前のことである。当時、お瑠伊は芸妓見習いとして座敷に出ていた。

堅物の久利衛門は、普段、そうした遊び場には出入りしたことがないのだが、その日は得意先の接遇だったので断れず、芸妓や遊び女たちに囲まれて、夢のような時を過ごした。

久利衛門は芸妓たちの中にいた初々《ういうい》しい芸妓姿のお瑠伊を見て、一目惚れしてしまった。いささか慣れぬ酒に酔っていた久利衛門は、酔いの勢いもあって、女将《おかみ》を呼んでお瑠伊の身請《みう》けを約束してしまった。

そのころ、正妻のお常との間にできた長男の織兵衛は、まだ二、三歳。そのあとに産まれた子が娘の千歳だった。

久利衛門は本所にお瑠伊を妾として囲い、家業そっちのけでお瑠伊の許に通った。

そのお瑠伊が産んだのが、次男の今兵衛であった。

久利衛門が家業を疎《おろそ》かにしたため、競争が激しい呉服業界では、信濃屋の商いはたちまち落ち込んだ。

信濃屋の将来を心配した正妻のお常や番頭たちは久利衛門に妾宅などに通わずに家業に精を出すように説得を重ねた。

その最中に起こったのが、お瑠伊の間男《まおとこ》騒ぎだった。お瑠伊には、将来を誓い合った許婚《いいなずけ》の男がいたのだ。その男とお瑠伊が密かに逢っているのが分かり、久利衛門は激怒した。

久利衛門は、お瑠伊を本所の家から追い出し、まだ一つか二つの赤子だった今兵衛をお瑠伊から奪うようにして引き取り、家に連れ帰った。

お常は自分が産んだ子として、長男の織兵衛同様、今兵衛を我が子のように可愛がって育てた。

お瑠伊がうらぶれた格好で、信濃屋を訪ねて来たのは、それから何年か経ってからのことだった。

お瑠伊は我が子に一目会わせてほしい、といったらしい。

久利衛門は自分ではお瑠伊に会おうとせず、番頭に、わずかばかりの金子《きんす》を女に渡して追い払うように命じた。

番頭に追い払われたお瑠伊は、その足で両国橋に行き、橋から大川に身を投じた。

「それが、十年前のことだったのです」

久利衛門は溜め息をついた。

「私も、なぜ、あんとき、我《が》を張ってお瑠伊に会おうとしなかったのかと、いまになって悔やんでいるのです。会うだけなら、なんも意地も張りもないじゃあありませんか」

「うむ」

「そりゃあ、間男されたと知ったときは、私も怒り狂いました。男としての面子《めんつ》が立たぬと。だから、お瑠伊の言い訳にも耳を貸さず、即刻離縁した。家から軀一つで出て行けと、お瑠伊を追い出しました。もう二度と顔を見せるな、と怒鳴りもしました」

「ううむ」

文史郎は目を閉じ腕組みをした。

「冷静になってみると、お瑠伊を身請けしたとき、お瑠伊から昔に言い交した許婚がいたという話を聞いた覚えがありましてな。それでもいいと、私は口説き落とした記憶があるのです。だけど、お瑠伊は私との暮らしをしている間に、昔の男との間は切れたと思っていたのです。ところが、そうではなく、お瑠伊は密かに、その男と逢瀬《おうせ》を重ねていたと知り、私は我を忘れて激怒してしまったのです」

男として分からないでもない、と文史郎は思った。自分にも似たような経験がある。嫉妬は人を狂わせる。惚れた相手に裏切られたという思いは、身の置きどころもないほど、狂わしく、苛立たしい。愛が深ければ深いほど、憎しみも深くなる。

文史郎は今兵衛を思い浮かべながら、久利衛門に尋ねた。

「今兵衛は、いつ自分が妾腹の子だと知ったのか？」

「さあ。……私も家内のお常も、今兵衛に、そんなことはいったことがないのですが。

番頭さん、あんたは何か聞いているかい？」

久利衛門は須兵衛を振り向いた。

「……は、はい」

須兵衛はいっていいものか、迷っている様子だった。

「番頭さん、おまえが知っていることはなんでもいっておくれ。私に遠慮はいらないよ」

「へえ。こんなことをいうと告げ口になるのでいいにくいのですが、今兵衛様は織兵衛様から、母親のお瑠伊の話を聞いたようです」

「なんですって？　織兵衛が、弟の今兵衛にそんなことをいったというのですか」

「はい。二人が店の商いをめぐって言い争いをしたとき、織兵衛様が、今兵衛様におまえは妾の子だから、といった」

「いつのことかな？」

文史郎が須兵衛に訊いた。

「三年前の暮れのころです」

久利衛門がはたと膝を打った。

「三年前？　そうか、そのころから、突然に今兵衛は商売を手伝うのをやめて、岡場所通いをはじめたり、悪い仲間と遊び歩くようになったのだね」

「はい。申し訳ありません。私が事情を知りながら、大旦那様にお知らせしなかったのは、事がことで、申し上げづらかったのです」

「そうだったのかい」

久利衛門は溜め息をつき、頭を振った。

「じゃあ、今兵衛はきっと誰からか、十年前にお瑠伊が店を訪ねて来て、けんもほろろに追い返されたということも聞いているんだろうねえ」

文史郎は須兵衛に向いた。

「お瑠伊を追い返したのは、大番頭さん、おぬしではなかったのかね」

「へえ。わたしでした。大旦那様にいわれた通り、いくぶんかの金子を渡し、二度と顔を見せないようにと因果を含めて追い払ったのです」

「そのときのお瑠伊の様子は？」

「やつれて、いまにも倒れそうでした。それに着物も汚れるだけ汚れてぼろぼろ。軀も垢だらけで臭いし、まるで……」

須兵衛は口籠もった。久利衛門が促した。

「まるでなんだというのかね。いいから話しておくれ」

「こんなことをいっては申し訳ないんですが、姿格好はまるでお乞食さんのようでした。あまりひどい格好なので気の毒になって……、裏に回り、お風呂に入るように勧めたのですが、渡した金子も、その場に放り捨て泣きながら駆け去ったのです。それから、間もなく、お瑠伊さんは入水《じゅすい》したと聞きました」

「そうだったのかい、番頭さん」

久利衛門は頭を垂れた。

沈黙が流れた。誰も言葉を発せず、黙っていた。

やがて久利衛門は顔を上げた。何事かを決意した顔だった。

「番頭さん、ここへ織兵衛を呼んでおくれ」

「どうなさるおつもりです」

須兵衛はおろおろしていった。

「どうもこうもない。このままでは、安心して織兵衛に信濃屋の暖簾を継がすわけにはいかない。どういう了見なのか、相談人のみなさまの前で、織兵衛を問い糾したいのでね」

「へえ。分かりました」

大番頭の須兵衛は腰を上げ、文史郎たちに頭を下げ、座敷を出て行った。

久利衛門は文史郎に向き直った。

「相談人様、どうか、お願いです。今兵衛を悪事から立ち直らせてください。私はお瑠伊に謝ります。今兵衛は、どうあれ、私の息子です。兄の織兵衛にも謝らせます。今兵衛を連れ戻し、もう一度やり直すよう、説得してください。いえ、我が子だけではありません。剛吉さんの息子幸吉さんにも、私は謝罪します。そのための償いもします。どうか、幸吉さんと妹さんもまっとうな道に戻すようお願いしたいのです。そのためなら、千両などといわず、信濃屋の身上《しんしょう》を潰しても構いません。なにとぞ、よろしくお願いいたします」

久利衛門は文史郎の前に平伏した。

文史郎は左衛門や大門と顔を見合わせた。

十三

座敷にかすかに夜風が吹き込んでくる。

それでも蚊帳《かや》の中には風は入って来ず、蒸し蒸しした暑さが籠もっていた。

隣の布団に大の字になって寝ている大門はしきりに豪快な鼾《いびき》をかいている。左衛門も負けずに鼾をかいて寝入っている。

鼾の合間に、蚊帳の外から、かすかに蚊の音が聞こえて来る。

文史郎は枕に頭をつけたものの、なぜか眠れずにいた。

今兵衛や幸吉をいかにしたら立ち直らせることができるのか、文史郎には思いつかなかった。

千両という大金が出ると知って、今兵衛と幸吉の背後にいるやくざの助蔵たちが、黙って見ているとは、とうてい思えなかった。

「相談人様」

庭先から男の声が聞こえた。

文史郎は、はっとして目を開いた。

蛙の声が止まっていた。

「相談人様、起きてください」

源次の声だった。

文史郎は刀を掴むと、蚊帳を少し持ち上げ、潜って外に出た。

庭には青白い月の光が差し、庭木に黒い陰を作っている。縁側の前の白洲に二つの人影が蹲《うずくま》っていた。

影の一つは源次だった。

「相談人様、幸吉が……」

源次が全部を言い終わらぬうちに、もう一つの影が喘《あえ》ぐようにいった。

「相談人様、美鈴を助けてください。美鈴が捕まってしまいました。お願いします」

　ふと生臭い血の匂いを嗅いだ。

「幸吉、おぬし、傷を負っているのか？」

　文史郎は庭に降り、幸吉に屈み込んだ。

「へえ。でえじょうぶでやす。このくらいの傷は我慢できやす」

　幸吉は右腕を抑えた。着物の右腕付近が血でびっしょりと濡れていた。

「どれ、腕を見せろ」

　文史郎は幸吉の腕を摑んで着物の袖を捲り上げた。上腕部を斬られたらしく、月の光の中でも朧げだったが切傷が見えた。

「出血がひどい。止血せねばならぬな。もっと明るいところへ行かねば、ここでは手当てができんな」

「相談人様、いま明かりを用意します」

　源次が台所の方へ戻ろうとした。

「ついでに焼酎と、きれいな晒《さらし》を持って来てくれ」

「へえ」

　源次は急いで台所の方角へ戻って行った。

「殿、どうなされましたか？」

蚊帳が上げられ、左衛門の影が出て来た。

「幸吉がやられた」

「なんですって」

左衛門が慌てて縁側に出てきた。

「なにごと！　押し込みでござるか？」

あとから大門が寝呆け眼をこすりながら蚊帳から出て来た。

「いま事情を聴いているところだ」

文史郎は幸吉の腕の傷を手拭いできつく縛って止血しながら尋ねた。

「幸吉、いったい、どうしたというのだ？」

「助蔵の野郎、あっしらを裏切ろうとしているんでやす」

「なに？」

「あっしが賭場の厠《かわや》へ行った帰り、賭場への廊下をうっかりして間違え、用心棒たちの部屋の前に出てしまったんです。そうしたら、部屋からひそひそ話が聞こえたんです。あっしや若旦那の今兵衛の名が出てきたので、何を相談しているんだろう、と立ち聞きしたんです。そうしたら、助蔵親分の声で、今兵衛が信濃屋から千両をせしめてきたら、金はそっくり横取りしようと相談していたんです」

「横取りのう」

暗がりからぶら提灯を下げた源次が戻って来た。手に晒と焼酎を持っている。

「爺、手当てをしてくれ」

文史郎は左衛門にいった。

「はい。源次、明かりを」

左衛門は幸吉の腕の手拭いを外した。

源次は提灯の明かりで傷口を照らした。

左衛門は幸吉の腕の傷口に焼酎をかけて血糊を洗い流した。それから晒を傷にあてぐるぐる巻きにした。

「幸吉、話を続けろ」

「へえ。やつら、こそこそ話をしているんです。用心棒の笠間《かさま》って浪人が、今兵衛や幸吉はどうするのかって助蔵に訊いたら、構うことはねえ、二人とも消してしまえって」

「あの浪人者は笠間というのか？」

「へえ。笠間順三郎《じゅんざぶろう》という居合いの達人でしてね。この前も、賭場荒らしに来たやくざ者たちをあっという間に斬り殺してやした」

「そうしたら、今度は、久郎《きゅうろう》たちが声をひそめて、幸吉の妹はどうしますかって聴きやがった。助蔵は、事情を知っているだろうから消してしまった方がいいだろうって」

「ほう」

「久郎というのは、二人組のやつか？」

「へえ。用心棒として雇われた命知らずの兄弟でしてね。兄貴分が久郎、弟分が重《じゅう》郎《ろう》っていうんです。そしたら弟分の重郎って野郎が笑いながら、あんな綺麗な若い娘を殺すのはもったいないと。どっかの女郎屋へ高く売れるっていいやがって。それでつい、音を立ててしまいやした」

「見つかったのか」

「へえ。それで危うく笠間や久郎重郎兄弟に殺されかけたんですが、うまく逃げ出したんでやす。逃げるとき、重郎の野郎のドスで斬られちまって、この様《ざま》でした」

「それで、おぬしの妹の美鈴は、いかがいたしたのだ？」

「あっしが逃げたので、助蔵たちはここに使いを寄越し、美鈴を呼び出し、拐《かどわ》かしたんです」

源次が相槌を打った。

「そうなんです。今日の夕方、仕事が終わったころ、兄さんの使いだという若い男がやって来て、おウメに兄さんが病気になった、すぐに看病に来てくれって。それで、おウメは慌てて、その男と出て行ったんです」

「ほう」

「出掛けに、その男はあっしに妙なことをいったのです」

　源次は頭を振った。文史郎は訝った。

「妙なこと？」

「おウメはしばらく助蔵親分が預かる、幸吉が来たら、そういえ、と。だって変でしょう？　幸吉が病気だからとおウメを迎えに来たのに。それで変だなと思ったんです。何をいっているんだってね」

「うむ」

「それで、夜になっても帰って来ないので、心配していたら、肝心の幸吉がこうしておウメを訪ねて来て、それで拐かされたと分かったんです」

　幸吉は文史郎にすがるようにいった。

「相談人様、こうなったら、若旦那の今兵衛の命も分からない。どうか、美鈴を助けてやってください。あっしはどうなってもいいが、美鈴だけは助けたい」

「今兵衛も、助蔵のところにいるのか?」

「助蔵のところにいるはずです。千両を受け取るには、今兵衛がいないとできないんで、きっと今兵衛は事情も分からず、逃げないように監禁されているのではないかと」

「よし。分かった。助けに参ろう。爺、大門、これからさっそくに出掛けるぞ」

文史郎は決心した。左衛門もうなずいた。

「しかし、助蔵の家は、どこにあるのか、分かりませんが?」

「幸吉、おぬし、案内はできるだろう?」

大門がいった。

「もちろんです。このくらいの傷。すぐに、あっしが案内します」

幸吉は腕を抑え、顔をしかめながら、立ち上がった。

「無理はするな」

文史郎が幸吉を止めようとした。

「相談人様、あっしでないと、あの家の中は分からないでしょう。このくらいの傷、でえじょうぶです。妹の命が危ないってのに、兄貴のあっしが助けに行かなくて、どうするというのですかい」

幸吉は文史郎の先に立って歩き出した。

十四

助蔵たちの賭場は永代橋を渡った先の深川にあった。

幸吉の案内で、文史郎たちは二隻の猪牙舟《ちょきぶね》に分乗して、夜の大川に漕ぎ出し、ひそかに掘割に入った。

舳先《へさき》の提灯の明かりだけを頼りに、いくつもに枝分かれした掘割を行き、土壁に囲まれた荒れ寺の船着き場に舟を着けた。

文史郎は船頭たちにすぐ漕ぎ出せるようにして待つようにいい、陸に上がった。

雲間から月が顔を出し、あたりを青白く照らしている。

夜は更け、時は丑《うし》ノ刻（午前二時）を少し過ぎた時刻になっていた。

文史郎は幸吉を先に立て、寺の山門を潜った。寺は廃寺で、本堂は荒れ放題で、いまは使用されていない。

かつての宿坊が助蔵たちのねぐらになっている。

賭場は、その宿坊の広間で開かれていた。

深夜ということもあり、すでに賭場は閉められ、宿坊はどの部屋も灯を落として、寝静まっていた。

宿坊の長い棟の出入り口の部屋だけ、行灯《あんどん》の明かりが外に洩れていた。

「美鈴は、どこに監禁されている？」

文史郎は幸吉に囁《ささや》いた。

「扉の錠を下ろして、人を閉じこめる部屋といえば、昔は骨壺を収めてあった蔵しかありません。きっと、あそこに妹は閉じこめられていると思います」

幸吉は囁き返した。

「どこだ？」

「本堂の裏です。廊下で繫がっています」

幸吉の案内で、暗い境内を本堂に忍び寄った。

本堂の四方の扉は開け放たれ、真っ暗な堂内から高らかな鼾が聞こえた。

見張りたちは、すっかり寝入っている様子だった。

左衛門が縁側に上がり、戸口に忍び寄って、堂の中を窺った。やがて、左衛門は縁側から降りて戻った。

「何人いる？」

「二人ですな」

文史郎はうなずき、大門に顎をしゃくった。

「爺は見張っていてくれ」

「承知」

文史郎と大門は幸吉を連れ、縁側に上がり、本堂の中に忍び込んだ。

かつては仏壇があった本堂には、いまは何も置かれてなく、がらんとしている。

板の間の真ん中で、二人の男が大の字になって鼾をかいていた。

文史郎は二人を大門に頼み、幸吉と裏手に繋がる廊下へ忍び込んだ。

廊下の突き当たりに、蠟燭の灯が揺らめいていた。

蔵の扉の前で、不寝番の男が脇差しを抱えるようにして座り、こっくりこっくりと寝込んでいた。

幸吉は無言で、蔵の扉を指差した。

文史郎は静かに不寝番の男に近寄った。

人の気配に、さすがに不寝番は気付いて顔を上げ、寝呆け眼を文史郎に上げた。

文史郎は男の脇差しを取り上げた。

「な、何をしやがる」

文史郎は不寝番の男の鳩尾《みぞおち》に拳を叩き込んだ。男は呻き、そのまま突っ伏した。

幸吉は蔵の扉に走り寄り、鉄格子の窓から中に囁いた。

「美鈴、兄さんが助けに来たぞ」

「幸吉、幸吉じゃねえか」

今兵衛の声が暗闇から返った。

「若旦那じゃねえっすかい。美鈴はいっしょにはいねえんですか？」

「面目ねえ。美鈴は助蔵に連れて行かれちまった。宿坊の奥にある書庫に閉じこめられている」

「そうか。ここじゃねえんか」

幸吉は舌打ちをした。

「早くここから出してくれ」

文史郎は見張りの腰から錠前の鍵を取り出した。扉についている錠前に鍵を差し込み、解錠した。

「ありがてえ」

今兵衛は後ろ手に縄で縛られていた。幸吉が縄を解いた。

「あ、おめえさんは？」

今兵衛は文史郎を見て、ぎょっと身構えた。

「大丈夫だ。若旦那、相談人様たちが、あっしらを助けに来てくれたんだ」

幸吉は今兵衛にいった。

「でも、どうして、若旦那が閉じこめられているんですかい？」

「どうもこうもねえ」

今兵衛は縛られていた手首を撫でながらいった。

「相談人さん、助けてくれてありがとうよ。礼をいう、これこの通りだ」

今兵衛は文史郎に頭を下げた。

文史郎はうなずいた。

「礼なんぞいい。それよりもおウメは、どこにいる？」

「助蔵たちに連れられ、奥の小部屋に押し込められているはずだ」

幸吉は血相を変えた。

「無事だろうな」

「無事なはずだ」

「助蔵の野郎、もし、妹に手を出したら、ただじゃおかねえ」

「おれもそれを心配して、助蔵に釘を差しておいた。もし、おウメに、おっとほんとうは美鈴だったな、だが、おれは美鈴よりもおウメの方がいい。もし、万が一、おウメを慰みものにでもしたら、おれは千両なんか受け取りに行かねえ。たとえ、受け取っても、おウメに手を出したら、金を川へ放り込んでしまうからなってな」

「助蔵は、なんと答えた」

「大事な人質だ。手なんか出すもんか、とほざいていた」

今兵衛はほくそ笑んだ。文史郎は今兵衛に訊いた。

「ところで、今兵衛、いったい、おぬしはどうして囚《とら》われの身になったのだ?」

今兵衛は頭を掻いた。

「面目ねえ。おれが賭場で遊んでいるところに、突然、用事があると、助蔵から呼び出されたんだ。行ったら、幸吉、おめえが裏切って逃げ出したっていうんだ。おめえが千両を一人占めしようと、信濃屋へ掛け合いに行ったらしいってな」

「とんでもねえ。裏切ったのは助蔵の方だぜ」

幸吉は顔をしかめた。今兵衛は幸吉を手で制した。

「分かっているって。ま、話を聞きな。おれは、それはおかしいと助蔵にいったんだ。千両を受け取りに行くのは、おれだと親父に伝えてある。幸吉が行ったとしても、親父は信用せず、金は渡さないだろうってな」

「それで？」

文史郎は促した。今兵衛は続けた。

「そこへ、助蔵の手下がおウメを無理矢理連れて来たと分かった。幸吉が裏切ったときの人質だといってな。それで、おれは怒った。幸吉はそんな男じゃねえって。幸吉が逃げ出したのは、ほかに訳があるに違いねえって」

「そうだぜ」幸吉は相槌を打った。「助蔵は用心棒たちと相談していたんだ。千両を手に入れたら、おれたちみんなを始末して、千両を頂こうってな。それをおれが偶然立ち聞きしてしまったんだ」

「やはり、そうだったのか。たぶん、そんなところだろうと思ったぜ。で、おれは助蔵にいったんだ。おウメを自由にして、家へ帰せと。そうしねえと、おれは金輪際、千両を受け取りに行かねえぞってな。そういったら、おまえも幸吉とぐるか、といわれて、監禁されてしまったってわけだ。もし、いうことを聞かなければ、おウメの命はないぞ、と」

「……若旦那、美鈴のために、そんなことまで」

「へ、おめえさんたちへの、せめてもの罪滅ぼしだぜ。気にするねえ」

足許に伸びていた見張りの若い男が身じろぎ、息を吹き返した。目を覚まし、きょろきょろと辺りを見回した。すぐに自分が陥っている事態が分かった様子だった。

今兵衛が男を引き起こした。男はおどおどしながら、立ち上がった。

文史郎は男に訊いた。

「名前は？」

「満吉《まんきち》でやす」

「満吉、人質にしている娘を監禁してある部屋は知っているな」

「へえ」満吉と名乗った男はおずおずとうなずいた。

「案内してくれ。悪いようにはしない」

幸吉が脅した。

「そうだぜ、満吉、相談人の先生たちを怒らせたら、どうなるか分からないぜ」

「へえ」

満吉は先に立って歩き出した。

大門が本堂で待ち受けていた。大門の足許には、後ろ手に縛られた男たちが転がっていた。

「殿、おウメさんは？」

「この男が案内してくれるそうだ」

文史郎は満吉を先に立たせた。

本堂を出ると、満吉は大人しく宿坊に向かって歩き出した。

途中、木陰から左衛門が現れた。満吉はぎょっとして足を止めた。

左衛門は文史郎に声をかけた。

「殿、みな寝静まっています」

文史郎は満吉に向いて尋ねた。

「そうか。満吉、宿坊の部屋数は、いくつだ？」

「七部屋、いえ、八部屋だったと」

「助蔵親分は、どこにいる？」

「別棟の宿坊にいます」

「別棟？」

文史郎は訝った。今兵衛が脇からいった。

「宿坊の裏手に、一戸建ての宿坊がありましてね。そこはかつて住職夫婦が住んでいた家です。そこに助蔵夫婦がいるはずです」

大門が満吉に訊いた。

「では、用心棒たちは、どこに寝ている？」

「奥の部屋二つを使っています」

文史郎が問うた。

「ということは、おウメが閉じこめられている書庫の前ということか？」

「へえ。そうです」

「厄介だな。不寝番はおるのか？」

「二人いるはずです」

「用心棒以外の手下は？」

「腕っこきの男たちが、ざっと三十人はいます」

満吉は首をすくめながら答えた。大門は心張り棒をしごいた。

「三十人か。不寝番に騒がれたら、一戦交えることになるな」

「殿、どうしますかね」

「うむ」

文史郎は考えた。

このまま宿坊に押し込めば、いくらうまくやっても、騒ぎになり、用心棒たちや手下と斬り合いになる。双方に死人や負傷者も大勢出ることだろう。いくら相手が悪いやつとはいえ、人を殺したくない。こちらにも犠牲者を出したくない。

できることなら穏便な方法で、おウメを救い出すことはできないか。

文史郎は頭にある考えが閃《ひらめ》いた。

「爺、幸吉といっしょに、ここに待機してくれ。満吉を縛り上げ、声を出させないようにしてくれ」

「承知」

「合点でさあ」

幸吉もうなずいた。

「して、殿は？」

文史郎は左衛門に囁いた。

「今兵衛の案内で大門といっしょに裏手に回り、助蔵を人質に取る。助蔵を押さえれば、手下も用心棒も動きが取れまい」

「なるほど。で、爺の役目は？」

「人質を取ったら、さっそく奥へ乗り込む。騒ぎが起こったら、すぐに幸吉といっしょに奥へ駆け付けてくれ」

「分かり申した」

文史郎は大門を促し、今兵衛に案内を頼んだ。今兵衛は嬉しそうにうなずいた。

「案内はあっしに任せてください。こっちです」

今兵衛は先頭になり、闇に向かって走り出した。文史郎は大門といっしょに今兵衛のあとを追った。

十五

離れのような宿坊は静まり返っていた。

雨戸を開け放たれている。薄暗がりの蚊帳の中から鼾と寝息が聞こえた。

助蔵夫婦は安心して寝入っていた。

今兵衛が蚊帳の近くに忍び寄り、小さな声で助蔵を呼んだ。

「あんた、あんた。誰か呼んでるよ」

お内儀が目を覚まし、助蔵を起こした。

「だ、誰でえ」

助蔵は半身《はんみ》を起こし、怒鳴った。

「助蔵親分、今兵衛だ。話がある」

今兵衛は声を押し殺していった。

「今兵衛だと？　今兵衛が、なんでそこにいる？」

助蔵はがばっと起き上がり、蚊帳を撥ね上げて出て来た。

「助蔵、静かにするんだな」

文史郎が穏やかにいった。大門がむんずと助蔵の首根っ子を掴み、引きずり上げた。

「あんた」

お内儀が助蔵の影にすがった。

「だ、誰でえ、おめえたちは？」

助蔵は強がっていった。今兵衛が大門に首根っ子を掴まれた助蔵に囁いた。

「助蔵、剣客相談人の方々だ。あっしらを助けに来てくれたのさ。大人しく話を聞きな」

「剣客相談人だと」

助蔵は暗がりに浮かんだ大門の大柄な影と、文史郎の影にうろたえた。

「助蔵、大人しくしないと、首根っ子をへし折るがいいか」

大門が助蔵の首を掴む手に力を入れた。

「痛てて。やめてくれ」

「あんた、やめておくれ。命だけは」

足許でお内儀がおろおろしていた。

「お内儀も静かにしてもらおう。でないと、亭主の首を絞めることになるぞ」

大門がお内儀に髯面を近付け、脅すようにいった。

「は、はい」お内儀は怯え上がった。

文史郎は静かにいった。

「助蔵、どうだ、拙者たちと話し合いで事を収めないか」

「は、話し合いって、何を話し合おうってえんだ?」

「まず、その前に、人質になっているおウメを返してもらおう」

「…………」

助蔵はもがいた。大門がぐいっと首をねじった。

「分かった分かった。返す。娘は返す」

助蔵は苦しそうに息を荒げていった。

「じゃあ、案内してもらおうか」

文史郎は大門に助蔵の首から手を離すように命じた。

大門は代わりに、今度は助蔵の腕をねじ上げた。

「痛ててて。分かったよ。いう通りにするよ」

助蔵を先に立て、文史郎たちは離れの宿坊と用心棒たちのいる宿坊を繋ぐ渡り廊下を歩き出した。

「誰かあ、起きて。親分が捕まったよう」

お内儀が大声で叫んだ。

文史郎は構わずに進んだ。

宿坊が騒がしくなった。廊下に大勢の影が飛び出してくる。

「こっちです」

今兵衛が先に立って歩いた。文史郎は宿坊の廊下に入った。

あとから大門に腕をねじ上げられた助蔵が続いた。そのあとからお内儀が喚きながらついてくる。

廊下の突き当たりに燭台の蠟燭が明るい光を投げていた。

「相談人様、あの突き当たりの部屋が書庫の小部屋でさあ」

今兵衛が指差した。そこには、脇差しの抜き身を手に下げた荒くれ者の不寝番が二人、身構えていた。

「おい、そこの二人、閉じこめてあるおウメを返してもらおうか」

今兵衛が声をかけた。

「なんだ、今兵衛じゃねえか。やっぱり裏切ったか」

不寝番の男たちは嘲ら笑った。二人はだんびらをちらつかせて、今兵衛を威嚇した。

「親分の命令が聞けないというのか？」

今兵衛は大門に前へ出るように合図した。

大門が助蔵に何事かを囁いた。

「そこを開けろ。娘を出すんだ」

助蔵が苦しそうな声で命じた。

「お、親分」

「早くしろ」

助蔵は顔を歪めながら、叫んだ。

二人の不寝番は慌てて書庫の扉を開けた。今兵衛が走り寄り、書庫の部屋に飛び込んだ。

「若旦那様」

おウメの声がして、今兵衛に抱えられたおウメがよろめき出た。

「もう大丈夫だ。相談人が助けてくれるからね」

今兵衛がおウメを励ました。

「おっと待った。そうはいかん」

書庫の脇からのっそりと細身の浪人者が現れた。浪人者の左右から、脇差しを抜いた男たちが現れ、素早くおウメと今兵衛に駆け寄った。脇差しをかざして、今兵衛とおウメを引き離した。

「おい、相談人とやら、親分を放してくれんかな」

「じゃねえと、こいつらの命はないぜ」

廊下をどかどかと走ってくる足音がした。

「殿！」

「美鈴、大丈夫か」

左衛門と幸吉が駆け付けた。

「兄さん」

おウメが喉元に脇差しの抜き身を突き付けられながらも叫ぶように答えた。

「久郎、おウメを離せ」

「お、幸吉も戻ったってか。おもしれえ」

おウメを押さえている男は嘯《うそぶ》いた。

「なんだ、なんだ」

二人のあとから、まだ事態がよく分かっていない手下たちが集まりだした。やがて宿坊の広い廊下を大勢の手下たちが埋めた。

大門に腕をねじ上げられている助蔵が苦しそうな息をしながら叫んだ。

「先生、こいつら相談人たちをやっつけてくだせえ」

浪人者はいった。

「相談人とやら、どうだ？　親分を放してくれないか。そうすれば、娘か今兵衛、どちらか一人を返してもいいが」

文史郎は浪人者に向き直った。

「だめだな。二人とも返してくれねば、助蔵の命はない」

左衛門が刀を抜き、助蔵の喉元に突き付けた。

「大門、助蔵はわしが預かる」

「よしきた。待っていた」

大門は助蔵を左衛門に預け、心張り棒を手でしごいた。助蔵は左衛門に刀を突き付けられ、目を白黒させている。

「殿、これで、拙者も遠慮なく暴れることができますぞ」

浪人者が蠟燭の炎が揺らめく中でふっと笑った。

「殿だと？　そうか、おぬしが長屋の殿様とかいう御仁か。拙者、天下の素浪人。殿とかいう輩が大嫌いでな」

「殿は戯言《ざれごと》。それがしが望んでのことにあらず。それがしも、天下の素浪人。氏名は大館文史郎。おぬしは？」

「名乗るも、おこがましいが、笠間順三郎と申す」

笠間順三郎はずいっと前に出た。

間合い一間。

一足一刀。

居合にも十分な斬り間だ。

笠間は大刀の柄にも手をかけず、両手をだらりと垂らしている。よほど居合に自信があるのだろう。

文史郎も刀に手をかけず、だらりと両手を垂らしたまま、笠間に対した。

「殿、相手は居合ですぞ。ご用心を」

見かねた左衛門が叫んだ。文史郎はうなずいた。

「静かに。存知ておる」

「ほう。おぬしも居合をやるのか」

笠間はふっと頬に笑みを浮かべた。それも束の間、見る見る殺気を膨らませはじめた。

文史郎は、ついと笠間との間をさらに詰めた。ほとんど笠間の顔と顔を接するほどまでに詰めて立った。

笠間と間、五寸（約一五センチメートル）もない。

笠間は柄に手をかけ、跳び下がろうとしたが、文史郎も柄を握り、ぴったりとついて動く。

笠間が右に動けば文史郎も右へ、左へ動けば左へ文史郎もぴったりとついたまま動く。

居合の斬り間は、五尺（約一・五メートル）。刀を抜いて斬り付けることができる間隔がなければ、相手を斬ることはできない。刺突《しとつ》もできない。

相手との間合いがほとんどない場合は、軀を回すなど体捌《たいさば》きで刀を抜き、間合いを作って相手を斬り下ろすか、刺突するしかない。

笠間は汗をかきはじめた。

もし、笠間が文史郎から跳び下がれば、文史郎は抜き打ちで斬り下ろす。

軀を回して刀を抜こうとしても、居合を知っている相手なら、その瞬間に抜刀して斬り下ろすだろう。

文史郎はにやっと笑った。

引くに引けず、出るに出られない。

笠間は、たまらず刀を抜こうとした。

瞬間、文史郎は刀の柄頭《つかがしら》で、笠間の刀の柄にかけた右手の甲を打った。ほとんど同時に笠間の足を払い、その場に転倒させた。

笠間は倒れながらも刀を抜こうとした。文史郎は跳び上がりながら刀を抜き、笠間の胸許目指して刀を振り下ろした。

笠間は右手が痺れて刀の柄を握れず、その場に倒れたままだった。

文史郎は刀の切っ先を笠間の胸許すれすれで止めた。

「……参った」

笠間は呻くようにいい、目を閉じた。

「殺せ」

「無用な殺生はせぬ」

文史郎は刀を鞘に納めた。

笠間は、その場に正座したまま、無念そうに唇を噛みしめていた。

「ち、先生もだらしがねえ」

「ほんと大した腕ではねえか。居合の先生が聞いて呆れらあ。なあ久郎兄い」

久郎と重郎は互いに顔を見合わせ、笠間の醜態を嘲ら笑った。

文史郎は助蔵にいった。

「さ、今兵衛とおウメを返してもらおう。手下に手を出すな、といえ」

助蔵は左衛門の刀の先が喉元に刺さるのを気にしながら呻いた。

「久郎、重郎、二人を放せ」

文史郎はなおもいった。

「それから、助蔵、千両を横取りしようというのはやめにするんだな」

「……分かった。やめる」

文史郎は今兵衛と幸吉に目をやった。

「今兵衛も幸吉も、これを機に、信濃屋から落とし前を取るのをあきらめないか」

今兵衛はたじろいだ。

「お、おれはいい。だが、幸吉は……」

幸吉も口籠もりながらいった。

「おれもいい。美鈴さえ助けてもらえれば、おれは何もいらねえ」

大門も大声で相槌を打った。

「そうだよ。今兵衛も幸吉も、よくいってくれた。二人が悪企みをせずに真っ当な仕事に精を出していたら、こんな騒ぎにもならなかったんだからな」

「助蔵も大それた企みを考えることもなかったものな」

左衛門も助蔵に刀を突き付けながら笑った。

「ちげえねえ。分かった。おれも金はあきらめる。だから、放してくれ」

文史郎は助蔵にいった。

「では、爺、刀を引け。話はついた。助蔵も二人を返してくれ」

左衛門は刀を引いた。助蔵は喉元を撫でながら、ほっとした顔でいった。

「やれやれ、命拾いしたぜ。久郎、重郎、二人を放せ。返してやるんだ」

久郎が今兵衛の首に手を回しながらいった。

「親分、こいつらを返したら、一銭も金は入らねえんじゃねえか」

「兄貴のいう通りだぜ。おれたちの取り分は、いったい、どうなるってんだい」

「金はなしだ。あきらめろ」

助蔵は喉元を撫でながら苛立たしげにいった。

久郎は今兵衛の首を抱え、脇差しを突き付けながらいった。

「親分、そうはいかねえ。なあ、重郎。おれたちだけでも金を貰わねばな。相談人、この二人を返してほしかったら、一人頭二百両は貰わねばな」

おウメを抱えた重郎もほくそ笑んだ。

「兄貴、この娘は、上玉だから、もっと高く売れるぜ。三百両は貰わねば返せねえ」

「おう、そうよな。その娘を掠《さら》うのに苦労したんだからな。相談人、しめて五百両を出してもらおうか。それまで、おれたちがこの二人を預からせていただくぜ」

思わぬ展開に、文史郎は大門と顔を見合わせた。

「助蔵、あんなことをいわせておいていいのか？」

助蔵は顔を真っ赤にして怒鳴った。

「何をいいだす。久郎、重郎、おめえら、親分のおれのいうことが聞けないというのか？　二人をすぐに放せ」

久郎と重郎は嘲ら笑った。

「へ、何が親分でえ。おれたちは、とっくの昔から、おめえさんのところから出て行こうと思っていたところだ」

「さあ、相談人、五百両をすぐに用意しろ。持って来たら、二人を返してやらあ」

正座していた笠間が、じろりと久郎と重郎を見回していった。

「久郎、重郎、やめておけ。二人を放してやれ」

「へ、何をいう。居合抜きもろくにできぬへぼ浪人めが」

「先生だと思っていたが、あんな弱くてよく用心棒が勤まるぜ。なあ、兄貴」

文史郎は笠間の形相《ぎょうそう》が変わるのを感じた。

久郎が今兵衛の首に腕を回しながら、馬鹿にしたように笑った。

「なんなら、先生、五百両を貰ったら、おこぼれをあげようか」

文史郎は思わず刀の柄に手をかけた。

次の瞬間、笠間の軀がついっと動いた。

刀が目に止まらぬ速さで一閃し、笠間の軀が久郎の脇を摺《す》り抜けた。

「…………」

久郎が今兵衛の軀にすがりながら、崩れ落ちた。

「兄貴」

重郎がおウメの軀を楯《たて》に、脇差しを振るおうとした。

「おウメ！」

今兵衛の軀がおウメに飛んだ。おウメの悲鳴が上がった。今兵衛がおウメの軀を抱えて転がった。

重郎は逃げようと軀の向きを変えた。その瞬間、笠間の刀が一閃した。笠間は重郎の軀を支えるようにして、残心に入った。

瞬時に、久郎と重郎は斬られていた。

「…………」

文史郎は刀を抜くのをやめた。

畏るべし田宮流居合だと、文史郎は笠間の流派を見てとった。

笠間は刀を懐紙で拭い、鞘に納めた。

「お見事」

大門は唸るようにいった。

「さすがでござるな」

左衛門も笠間の手並みを誉め称えた。

「美鈴！」

幸吉が我に返って、今兵衛ともつれて倒れているおウメに駆け寄った。

「兄さん、わたしよりも若旦那様を」

今兵衛の軀の下からおウメが叫んだ。幸吉は今兵衛の軀を起こした。

「わたしを庇って斬られたんです」

「分かっている。相談人、助けてください」

幸吉は文史郎に手をあわせた。

今兵衛は重郎に肩の付近を斬られ、失神していた。

「若旦那様、しっかりなさって」

おウメは今兵衛の軀を揺すっていた。

文史郎は左衛門と大門にいった。

「大至急、医者のところへ運べ。急げ」

「承知」

大門は今兵衛を抱え上げた。左衛門が先に立って廊下を走り出した。固唾《かたず》を飲んで見ていた手下たちが一斉に道を開けた。

「どけ、どけ。怪我人だ」

二人のあとを幸吉とおウメが追っていく。

文史郎は笠間に声をかけた。

「笠間氏《うじ》、ありがとう。感謝いたす」

「無様《ぶざま》な己れを曝し、まこと慚愧《ざんき》に耐えない。おぬしこそ、それがしに武士の一分《いちぶん》を思い起こさせてくれた。感謝いたす。本日ただいまから、心を入れ替え、拙者、修行のため、旅立つことにいたす。なにとぞ、これまでのご無礼をお許しくだされ」

笠間は深々と文史郎に頭を下げた。笠間は踵《きびす》を返し、まだ立ち尽くしている手下の間を縫って、玄関の方へ歩き去った。

文史郎は呆然と見守っている助蔵に向いた。

「助蔵、さっきの約束、守ってくれるだろうな」

「もちろんでやす。助蔵も男でござんす。相談人様との約束、天に誓って破りません」

助蔵は我に返ってうなずいた。

「では、御免。邪魔をしたな」

文史郎は助蔵に一礼し、大股で廊下を歩き出した。

文史郎の前にいた手下たちが左右に動き、道を作った。

文史郎は胸を張り、堂々と歩き続けた。

十六

文史郎は大川端のいつもの場所で、釣り糸を垂れていた。

初夏の太陽が大川を燦々《さんさん》と照らし、川面に硝子《がらす》の破片のような光を撒き散らしていた。

浮きはぴくりともせず、波間を漂っている。

魚籠《びく》には、まだ一尾も釣果《ちょうか》はない。それでも文史郎は満足だった。

文史郎の仲介もあって、今兵衛は父の久利衛門や兄の織兵衛と仲直りをした。今兵衛はこれまでの放蕩を心から反省し、信濃屋の家業に精を出すことを誓った。

それも文史郎の力だけではなかった。

おウメこと美鈴が今兵衛の心を立ち直らせてくれたことの方が大きいかもしれなかった。

今兵衛と美鈴は正式に結納《ゆいのう》を交わし、信濃屋の家族になることが決まった。

幸吉は幸吉で、信濃屋久利衛門の資金援助もあって、正式に剛吉の後を継ぐべく、大工の棟梁への道を歩み出している。

すべてはめでたしめでたし。

文史郎は降り注ぐ太陽の光に目を細めた。

「殿！　引いておりますぞ」

近くで糸を垂らしていた左衛門が怒鳴った。

文史郎は慌てて川面を見た。

浮きが引かれて水面に隠れていた。

竿が大きくしなっていた。

「でかいぞ。大物だ」

文史郎は思わず興奮して竿を引き上げた。

尺はあろうという獲物が宙に舞った。

と思った瞬間、糸が切れ、獲物の魚は川面に大きな波紋を作って消えた。

「見たか、爺」

文史郎は大声で怒鳴った。

「また釣り逃がしたんですか?」

左衛門は醒《さ》めた声でいった。

「大物だった。二尺はあろうという大物だ。ずっしりと重くて、それで糸が切れた」

「はいはい。いつものような大物ですね」

左衛門は笑いながらいった。

文史郎は両手で大きさを示そうとしたが、左衛門がまるで信用しない顔をしているので、あきらめた。

人生、いろいろある。だから、楽しいのだ、と文史郎は思うのだった。

第二話　夜の武士《もののふ》

一

文史郎は、気が滅入っていた。

おのれはなんのために、この世に生きているのか？

このごろ、そういう疑問が頭を過《よぎ》って仕方がない。

那須川藩の藩主若月丹波守清胤として、小国とはいえ、藩政を預かり、領民のための政《まつりごと》を行なっていたときには、それなりの生き甲斐があった。だが、いまは、なんの権力もない、一介の浪人者である。ただ、ひたすら、自分自身のことを律しながら生きていくしかない。

人のために役立たぬおのれに、いったいどういう生きている意味があるというのだろうか？

論語を読み直さねばならないな。いや、韓非子《かんぴし》でもいい、しばらく孟子《もうし》からも遠ざかっている。思えば、このところ、そうした学問とは縁のない生活をしている。長屋へ帰ったら、論語でも紐解いてみるか。読めば、少しは心の飢えが治まるかもしれぬ。うむ。そうしよう。

文史郎はゆったりと湯槽《ゆぶね》に浸かり、稽古に疲れた軀や手足を伸ばした。湯屋はまだ午後間もないこともあって、人気《ひとけ》なく、がらんとしていた。湯気が暗い湯殿に充満し、互いの顔も見えぬほどだった。

分厚い湯気の中で、一人の男が粋な小唄を唸っている。左衛門ではない。

文史郎は男の色気のある声と節回しに聞き惚れながら、手拭いで軀を拭った。

「へ、御免よ。お先に」

小唄の主《ぬし》は湯を弾き上げながら、威勢よく湯槽から飛び出して行った。

「いやあ、実に小唄の上手な男でしたな。年季が入っている。さぞ、足繁く小唄の女師匠のところへ通っているのでしょうな」

左衛門の声が湯気の中から聞こえた。

「それはそれとして、何はともあれ、習いごとをするのは粋なものだな」

文史郎は自分が釣り以外になんの趣味も持っていないのに気付いた。

もちろん、道場で剣の稽古をする。弓道場で弓を引くもよし。最近は、なかなか乗ることがなくなったが、馬術もいい。

それらはいずれも、習いごとというよりは武士の嗜《たしな》みともいうべきこと。稽古をして当然。そうでなければ、武士である価値がない。

だが、それらを習い、身につけ、奥を極めることに、いかなる意味があるというのか、ということを、つい考えてしまう。

「……お、ハチ、聞いたか？」

「なんでえ。藪から棒に聞いたかはねえだろ」

洗い場で大声で話す男たちの声が湯殿まで聞こえてくる。

「……武家屋敷町の方で何か大きな出入りがあったらしいぜ」

「……んなこと知らなかったな」

「へえ。またぞろ、化物でも出たってえんかい」

「化物かどうかは知らんけど、サムライが何人か斬られたって話だぜ」

「へえ？　なんでよ」

「それがよ。……」

急に三人の声が小さくなった。

「いらっしゃい」

番台の女将《おかみ》の声が響いた。

誰かが湯屋に入ってきた様子だった。

「御免よ、おう、ハチ公、てめえら、もう来ていたのかい」

「兄貴も仕事は上がったんですかい」

「仕事が早いなあ」

「べらぼうめ。自慢じゃねえが、早飯、早糞、早仕舞いは俺の取り柄だぜえ」

「あっちの方も早いじゃあねんですかい」

「バーロウ。てめえこそ、早撃ちの三助じゃねえかい」

「…………」

鄙猥《ひわい》な言葉が飛び交い、またおしゃべりが始まった。

あまり長く湯に浸かっていると、のぼせて湯中《ゆあた》りしてしまう。

「爺、上がるぞ」

文史郎は湯槽からざんぶりと音を立てて上がった。

左衛門も、すぐにあとに続いた。

石榴口《ざくろぐち》を潜り、上がり水を何度も頭から被った。火照《ほて》った軀が冷たい水にきゅんと引き締まる思いがする。

薄暗い洗い場で、威勢のいい男たちは話しながら、糠袋で軀をこすったり、上がり湯をかぶったりしている。

「……てめえら、壁に耳ありだ。どこで誰が聞いているか分からねえ。あまり与太話はしねえこったな」

兄貴分らしい男がちらりと文史郎に目をやり、一言《ひとこと》釘を刺した。板の間でさっさと帯を解き、着物を脱いで籠に放り込んだ。手拭いを肩にかけ、石榴口から湯殿に姿を消した。

男たちは文史郎と左衛門に目をやると、急に無口になった。

どうやら侍には聞かせたくない話らしい。

武家は武家でも、扶持米《ふちまい》がない浪人者は裸一貫、町人とあまり変わりがないのだが、と文史郎は苦笑した。

文史郎は越中ふんどしをし、浴衣《ゆかた》を羽織り、帯を巻いた。

縁台に腰掛け、団扇を扇いで涼をとりながら、左衛門が支度を終えるのを待った。

文史郎と左衛門が湯屋の出口から出るのと同時に、男たちが口喧しく話しはじめるのが聞こえた。

文史郎たちと入れ違いに、着流しに黒い羽織を着た同心ふうの侍が湯屋の暖簾を潜った。同心ふうの侍は文史郎たちをじろりとねめまわすように眺めたが、何もいわず、女湯の暖簾を掻き分けて入って行った。

番台の女将は「いらっしゃい」と声をかけたが、同心が女湯の着替え所に入るのを止めなかった。

「爺、あやつ、女湯へ入ったぞ」

文史郎は左衛門に囁いた。

「殿、いまの時刻、女湯には誰も入っていません。ああやって、定廻り同心は女湯に浸かりながら、耳をそばだて、男湯で話している男たちの噂話を聞くんです。町に何か変わったことが起こっていないか、聞き込みをしているんです」

「ほう。左様か。仕事熱心だな」

「仕事に託《かこつ》けてはいますが、無料で昼湯に浸かるのは、定廻り同心の役得でしてね。ときには、湯屋の主人から、お酒やら小遣いのお捻りを頂く。まったく美味《うま》い仕事ですよ」

「役得のう」

文史郎は浴衣の胸をやや開けて、団扇を激しく扇いだ。

通りは、まだ灼熱の太陽が照らしていた。

さっき流したばかりの汗が、またどっと噴き出してくる。

文史郎と左衛門は、日陰を伝うようにして、長屋への道を歩いた。

二

安兵衛裏店の路地の出入り口で、駕籠かきたちが人待ち顔で座り込み、キセルを吹かせていた。

文史郎は安兵衛裏店への路地に入りながら、ふと長屋の細小路がいつになく騒がしいのに気付いた。

「爺、何かあったのかのう?」

「なんでしょうな」

左衛門も訝った。

おかみさんたちが細小路に大勢屯《たむろ》して、わいわいがやがやと騒いでいた。

「おかみさんたち、いったい、この騒ぎはなんだというのかのう」

文史郎はおかみたちの背に声をかけた。

「あ、お殿様だ」

「お殿様がお帰りだ」

おかみさんたちは文史郎と左衛門を振り向いた。

右隣の長屋のお福《ふく》が赤ん坊をあやしながら文史郎にいった。

「お殿様たちがお留守の間に、えらい別嬪《べっぴん》な芸者のお姐《ねえ》さんが訪ねて来たんですよ」

左隣のお米が口を尖んがらせていった。

「そりゃあ粋で綺麗な芸者でねえ。白粉《おしろい》の匂いがぷんぷん。うちの宿六なんか、あんな芸妓に会ったら、鼻の下をずるりと長くしてさ。仕事をほったらかして通《かよ》うんだろうねえ」

「何いってんの、あんたの亭主なんか、相手にしてくんないよ。安心しなって」

「ああら、お里《さと》さん、いってくれるじゃないの。うちの宿六は、ああ見えても鳶職人の中では、いちばん男前っていわれてんだよ。あんたの亭主とは大違い」

「あらそう。いってくれるねえ」

「ちょっと待った待った」

左衛門がおかみたちの間に割って入った。

「その芸者というのは、どこにいるのだ？」

「決まっているじゃない。お殿様たちの長屋でお待ちだよ」

外の騒ぎを聞き付けたらしく、文史郎たちの長屋から、艶《あで》やかな着物姿の女が一人顔を出した。

「お殿様、お帰りなさいませ」

黒い羽織を粋に着込んだ辰巳《たつみ》芸者が深々と島田髷の頭を下げた。

「あ、米助《よねすけ》さんでは」

左衛門が驚きの声を上げた。文史郎も目を丸くした。

「おう。ほんとだ。米助じゃあないか。いったい、どうしてここへ」

おかみさんたちは、左右に割れて、文史郎と左衛門に道を作った。

文史郎と左衛門はおかみさんたちの人垣の間を通り、米助の前に歩み寄った。

「お懐かしうございます。お殿様」

米助はおかみさんたちの好奇の眼差しを跳ね返すように、毅然として文史郎を出迎えた。

「あいかわらず、米助は色っぽくて、綺麗だのう」

「あいかわらず、お殿様はお口がお上手ですこと」

米助は文史郎に流し目をした。左衛門が長屋へ入り、台所に立った。

「どういう風の吹き回しなのだ？　こんなむさい長屋へ現れるなんて」

「お殿様、本日、こちらへ上がったのは、剣客相談人様のお殿様に、内々《ないない》に、お願いの段があってのことです」

「相談ごととな。して、どのような？」

「少々込み入ったことでして。できますれば、どこか別の場所で……」

米助は長屋の戸口に群がるおかみたちに、それとなく目をやった。

文史郎はすぐに納得した。

「おう。そうだのう。ここでは、話もできまい。爺、茶の用意はいい。すぐに出掛けるぞ」

「は、はい。殿。しかし、どちらへ」

左衛門は台所から顔を覗かせた。

「どこか、近くの水茶屋でもあろうが。そこへ出掛けるとするぞ」

「は、はい、ただいま」

左衛門は慌てて台所から出て来た。

「では、参るぞ」

文史郎は大刀を手に外へ出た。おかみさんたちは一斉に左右に分かれて、道を開けた。

「はい、お殿様、御供をいたします」

米助はそっと文史郎の手を取り、細小路へ導くように歩き出した。

あとから左衛門がついて来る。

おかみたちは米助の優雅で艶やかな身のこなしに見惚れて溜め息をついていた。

三

水茶屋の座敷は、掘割の水面を渡る涼しい風が吹き寄せていた。

葦簀《よしず》が強い陽射しを遮って、座敷に陰を作っている。

軒下に吊した風鈴が風の吹く度に、涼しげな音を震わせていた。

米助は話を終え、神妙な面持ちで目を伏せた。

以前に比べ、米助はいくぶんかやつれたように見える。

文史郎はぐい呑みの酒をくいっと飲み干した。

「……米助、やはりおぬしも女だったのだのう」

「あら、お殿様、米助は女ではないとおっしゃるのですか？」

「ははは。怒るな。天下の辰巳芸者も男に惚れると女らしくなるのかと少々驚いただけだ」

「まあ、憎たらしい。人が悩んでいるのをおもしろがっているのですね」

米助はまなじりをきっと吊り上げ、濡れた目で文史郎を睨んだ。口許には笑みを浮かべている。ほんとうに怒った顔ではない。

「それにしても、おぬしに慕われた果報者は羨ましい」

「まあ。私はお殿様のこともお慕い申し上げているのに、あれ以来、深川に一度も足をお向けにならなかったではないですか」

「いや、深川にはなんども行ったと思うが」

「それなのに私を、一度も御座敷にお呼びにならなかったというのですね」

「まあまあ、そうだったかのう。ま、飲め」

文史郎はぐい呑みを空けて、米助に渡した。

「頂きます」

米助は両手でぐい呑みを受けた。文史郎はチロリを傾け、米助のぐい呑みに酒を注いだ。

「で、米助、その若侍の辰之進《たつのしん》は、必ず逢いに来ると申していた日に、なぜか姿を現さなかったというのだな？」

「はい」

「しかも、三日が過ぎ、七日、十日と経っても、現れない」

「約束の日を過ぎて、はや半月になります」

「米助、おぬし、その辰之進という若侍に振られたのではないのか？」

文史郎は半《なか》ば嫉妬もあって、少しばかり邪険にいった。

「そうかもしれませぬ。でも、それだったらいいのですが、どうも胸騒ぎがしてならないのです。もしかして、あの人の身に何かよからぬことが起こったのではないか、と。そんな気がしてならないのです」

米助は文史郎の前に正座したまま、うなだれた。

「心配で、めしもろくに喉を通らないというのか？」

「はい」

「爺、どう思う？」

「米助がねえ。惚れた振りして惚れさせて、男を手玉に取るのが芸者。その芸者の米助が、今度ばかりは、逆に男に惚れたあげく、手玉に取られているということですかね」

左衛門はにやにや笑いながらいった。

米助はうなだれた。

「わたしも、そうだったらいいのにという思いなのです。でも、あの人に限って……」

文史郎は大声で笑った。

「ははは。そのあの人に限って、というのが曲者《くせもの》なのだよ。そこまで米助を信じ込ませた男も憎い奴だのう」

「いや、まったくですなあ」

左衛門も笑った。

米助は何も反論せずに黙って下を向いていた。いつになく米助は元気がない。普段の米助だったなら、大向こうも唸らせるような気風《きっぷ》のいい啖呵《たんか》を切って、大見得を切るところだろうに、そんな素振りもない。

米助は文史郎にぐい呑みを戻し、ふうっと溜め息をついた。

「そうか。米助、おぬし、恋煩《わずら》いに陥ったのではないのか」

「…………」

米助は答える代わりに、また溜め息をついた。

張りと意地を通す辰巳芸者の米助に恋煩いは似合わない。

恋の病は、四百四病《しひやくしびよう》の外。どんな名医でも、恋煩いに効く薬など処方できない。

恋は孤悲とも孤秘とも書く。心に秘めた想い事を、わざわざ他人に相談することでもない。それを押して米助が相談して来たというのは、米助もほとほと困ったからに違いない。

「米助の病を治す特効薬はともあれ男を捜し出すことではありますまいか」

左衛門が文史郎に囁いた。文史郎はうなずいた。

「お殿さま、辰之進様を探していただけませんでしょうか？」

うなだれた米助が顔を上げた。そして、大きな目で文史郎を見つめた。

「分かった。米助のためだ。一肌脱ごう」

「ありがとうございます」

米助は少しほっとしたのか、ようやく頬に微笑を浮かべた。

「ところで、その辰之進なる侍だが、いったい、どのような男なのだ？」

米助はいくぶん上気し、赤い顔になった。

「それが……名前しか分からないのです」

「名しか知らないというのか？」

文史郎は呆れて米助を見た。

「はい。……」

米助はもじもじと畳にのの字を書いている。

「どういうきっかけでもって、米助は辰之進と知り合ったというのかな？」

「ある日、私がさる大店の大旦那様に呼ばれて御座敷に上がったら、上座に辰之進様がいらしたのです」

「ほう。その大店の大旦那というのは？」

「いつもご贔屓《ひいき》にしていただいている萬字屋《まんじや》の次左衛門《じざえもん》さんです」

「萬字屋？　爺、どこかで聞いたことがあるな」

文史郎は左衛門に顔を向けた。左衛門はうなずいた。

「殿、萬字屋といえば、札差《ふださし》の大店。この江戸では知らぬ者がおりませぬ。数多くの御家人や旗本がお世話になっています」

札差はもともと旗本や御家人の俸禄である米を預かり、旗本や御家人の代理として米を売却して換金するとともに、一定の手数料を取った商人である。

だが、時代が進むに従い、札差は禄米を抵当にして旗本・御家人に金を貸す高利貸しになった。

「萬字屋次左衛門さんは、辰之進様を上座に座らせ、もてなしていたのです」

「ほほう。辰之進は、幕府の勘定方《かんじょうがた》でもしている男なのだな」

「いえ、そうは見えませんでした」

米助は首を傾《かし》げた。

「と、申すと？」

「辰之進様は若くて、まだ幕府の要路になれる年齢ではなさそうでした」

「辰之進はいくつほどの男なのだ？」

「二十一、二歳ではないか、と思います」

「なるほど。萬字屋は、辰之進のことをなんと紹介したのだ？」

「詳しいことはおっしゃりませんでしたが、極めて大事な御方だと。それ以上は何も」

「身形風体《みなりふうてい》は？」

「月代はきれいに剃っておられ、髷もきちんと結ってあるのですが、着ている物は粗末であまり上等ではなかった。どこかの藩からか脱藩して浪人をしている方《かた》のように思いました」

「ほう。では、萬字屋は、なぜ、そのような浪人風情の辰之進をもてなしておったのか」

「それは分かりません。辰之進様は、そんなふうに座敷でもてなされるのがお厭なようでした。上座にお座りになっていても、居心地が悪そうでした。無口で、いくらお酒を召し上がっても、少しも乱れない。膝を崩さず、背筋を伸ばして座っておられる」

「萬字屋と辰之進はなんの話をしていたのだ？」

「私が座敷に呼ばれるのは、お二人が話を終えてからのことです。ですから、何を話し合っていたのか、私は聞いていないのです」

文史郎はなるほど、と思った。

「ところで、おぬしは、なぜ、辰之進が約束の日に必ず来ると思ったのだ？　何か理由があってのことだろう？」

「はい。ですが、それは……」

米助は話そうか話すまいか、迷っている様子だった。

「訳を聞かせてくれねば、辰之進を探す手がかりがないぞ」

「分かりました。申し上げます。辰之進様から、誰にも他言無用といわれていたので、黙っていようと思ったのです。ある日、また萬字屋さんの御座敷に呼ばれて上がったときのことでした。萬字屋さんが厠へ立った際、辰之進様が内緒で私にある物を預かってくれないかといってきたのです。三日後には、必ず自分が取りに行くので、絶対に誰にも渡さないで隠しておいてほしい、と」

「ほう。それで何を渡したのかね？」

「紙包みです」

「中身は？」

「辰之進様に見てはならぬといわれましたので、見ていません」

「いまお持ちか？」

「いえ。お家のしかるべきところに隠してあります」

「辰之進は中身はなんだというておった？」

「何も。ただ、お家の大事を左右するような物で、それを取り返そうとする輩《やから》がいて、辰之進様はその輩に命を狙われている、とも」

「なるほど。それで米助は辰之進が戻ってくるというのだな」

「はい」

　文史郎は訝った。

「辰之進はどこへその品を取りに行くといったのだ？」

米助は一瞬たじろいだ。

「は、はい。私の家に御出でになられると」

「御座敷に呼ぶのではなく、おぬしの家へ来るといったのか」

「はい」

「おぬしは自分の家を教えたのか？」

「は、はい」

米助は小娘のように赤い顔をした。

文史郎は左衛門と顔を見合わせた。

「辰之進は、おぬしの家に出入りするまでになっていたというのか？」

「いえ、まだ、そこまでの間柄にはなっておりません」

米助は小さな声で答えた。

その様子を見て、嘘ではなさそうだな、と文史郎は思った。米助は嘘が嫌いな女だった。

「米助が惚れるのだから、さぞ男前なのだろう？」

「はい。男前です」

米助はあっけらかんとしていた。

「辰之進のどこに惚れたのだ?」

「……どこかに陰をお持ちの方でした。哀しみを必死に堪えつつ、それを表に出さぬように抑え込んでいる。何か大義のために自分を犠牲にしてもいい、という勤王《きんのう》の志士のような風情が、私の心を激しく揺るがせたように思います」

「ほほう。旗本か御家人なのに勤王の志士ふうだというのか」

文史郎は左衛門と顔を見合わせた。

「もちろん、私の推測で、辰之進様がそう名乗ったのではありません」

左衛門が米助に訊いた。

「どこか辰之進の特徴はないか? 頰にあざがあるとか、歯が欠けているとか、すぐに分かる辰之進の特徴だが」

「喉の右側に大きな黒子《ほくろ》がついていました。私には、それが魅力でもありました」

米助は思い出し笑いをした。

四

文史郎は米助を乗せた駕籠を見送ったあと、ゆっくりと掘割沿いの道を歩いた。

陽は斜めに差し込み、だいぶ暑さも和らいでいる。掘割を渡る風が涼しさを運んで来てくれる。

「どうしたものかのう」

引き受けたはいいが、辰之進を探す手立てはまったくない。左衛門も腕組みをし、考え込んでいる。

「まずは萬字屋次左衛門にあたってみましょうか」

文史郎も同じ考えだった。

「うむ。それよりあるまい。爺、萬字屋へ案内してくれ」

札差の萬字屋は浅草橋を渡った先の茅町にあった。ずらりと並んだ蔵宿《くらやど》の一角で、一際大きな店を構えていた。

文史郎は左衛門を従えて、萬字屋に乗り込んだ。

店先《たなさき》には旗本や御家人の用人たちが詰め掛けていた。番頭や手代たちが忙しく応対していた。

店の奥には番頭や手代が机を前に居並び、帳簿を見ながら、懸命に算盤《そろばん》を弾いている。

応対に出た手代は左衛門が相談人を名乗り、萬字屋次左衛門への面会を求めると、胡散臭《うさんくさ》そうな目で左衛門と文史郎を眺めたが、

「少々お待ち願います」

といって奥へ引き上げて行った。

代わって出てきた大番頭は、剣客相談人の噂を聞いていたらしく、愛想よく笑いながら迎えに来た。

「私、大番頭の浅吉《あさきち》と申します。ようこそお越しくださいました。清藤さんのところにいなさる剣客相談人のお殿様ですな。よく存知ております。清藤の旦那様と、うちの旦那様は懇意にさせていただいておりますので。それで、どのような御用件でございましょうか」

文史郎は単刀直入にいった。

「人探しをしておる」

「人探しですか。私たちで分かる人でしたなら、お答えできますが」

「うむ。辰之進という侍についてだ」

「辰之進様？」

大番頭の浅吉の顔色がすっと変わった。大番頭の浅吉はあたりを見回し、不審な人影がないのを確かめた。

「そのことでしたら、ここではなんでございますので、こちらへどうぞ」

浅吉は手代に何事かをいいつけ、自ら先に立って文史郎と左衛門を案内して、店の奥へ歩み出した。

式台を上がり、案内された先は奥の座敷だった。

「ただいま、旦那様を御呼びいたしますので、ここで少々お待ちくださいませ」

浅吉は慌てて廊下に消えた。入れ替わるように、先刻の手代がお茶を運んできた。

文史郎と左衛門は座布団に座って待った。

「爺、何か訳がありそうだな」

浅吉の動揺ぶりは普通ではない。

「あまり人に聞かれたくない事情がありそうですな」

「うむ」

ほどなく廊下に二人の足音が聞こえた。

「これはこれは、相談人様、ようこそ御出でいただきました」

浅吉を従えて現れたのは、小太りの初老の男だった。髪に白髪が混じってはいるが、顔の血色はよく、脂ぎっている。

「わたくしめが、萬字屋次左衛門にございます。どうぞ、お見知りおきくださいますよう」

次左衛門は如才ない態度で文史郎と左衛門に挨拶をした。

「このほどは、辰之進様のことで、お越しになられたよし。いったい、どのような御用件でございますのでしょうか？」

「辰之進という若侍の所在を捜しておりましてな。聞くところによると、次左衛門殿が辰之進殿と懇意にされておったそうですな」

「はい。確かに。しかし懇意にしているというほどでは」

「次左衛門殿は辰之進を深川の料亭に何度か招いて宴席を開いたと。それがしたちは、おぬしと辰之進がどのような繋がりを持っているのかなどに一切興味はありません。ただ、辰之進と連絡を取りたいと思いまして、こちらへ伺ったわけでござる」

文史郎は率直にいった。

「辰之進殿に連絡を取り、何をなさるおつもりか？」

次左衛門は訝しげにいった。

「辰之進殿が無事か否かを確かめたい」

「それは私どもも関心がございます」

「辰之進殿は、いまどちらに居られるか」

「……それをお調べになり、どうなさるのですかな？」

「依頼人は、それさえ分かれば、まずは安堵することでしょう」

「いったい、どなたが依頼人なのですかな？」

「依頼人を明かすわけにはいかん。仕事上の信義にかかわるのでな」

次左衛門は狸顔をほころばせた。

「分かりました。きっと木島《きじま》家のどなたかなのでしょう」

辰之進の姓は木島というのか、と文史郎は思った。

「相談人様に、あらかじめ申し上げておきますが、私萬字屋次左衛門は辰之進様を信頼し、お味方しておりますので、ご安心ください」

「さようか。それは心強い」

文史郎は左衛門と顔を見合わせた。

どうして萬字屋は辰之進の味方だというのか、不審を抱いたが、何もいわなかった。

「さっそくだが、辰之進が、いまどこにいるのか、教えてくれぬか？」

「それは分かりません。実は、私どもも連絡を取りたいと思い、お捜ししているところなのです」

「次左衛門、それがしたちは辰之進について、依頼人から何も聞いておらぬのだ。木島辰之進は、いったい何者で、何をしていたのか、教えてくれぬか？」

「依頼人からは何も聞いておられぬというのですか？　妙な依頼人ですな」

次左衛門は驚き、脇に控えていた大番頭と顔を見合わせた。

文史郎は相手が不審がるのももっともだと思った。

「誰とはいえぬが、辰之進に一目惚れした依頼人が、最近見かけなくなったことを案じて、わしらに相談して来たと思ってくれ」

「なるほど。ご依頼人は辰之進様をお慕いする女子《おなご》というわけですか」

次左衛門はいくぶん緊張がほぐれたらしく、ほっとした表情になり、大番頭と笑みを交わした。

「分かりました。そういうことでしたら、喜んで協力いたしましょう」

「木島辰之進は、どのような男なのだ？」

「木島様ご本人いわく、無役で、御目見得《おめみえ》以下の貧乏御家人とのことですが、どうしてどうして、そんなことはありません」

「ほう」

「私どもがお調べしたところ、木島家は御目見得以下の御家人ではあるが、譜代准席の二半場《にはんば》の家格。辰之進様は木島家の次男坊で、部屋住みの身です」

二半場とは、御家人のうち家康《いえやす》から四代将軍家綱《いえつな》までの期間に西丸留守居《にしのまるるすい》与力、同心を務めた者の子孫に与えられた家格だ。無役になると目付支配無役となるが、以前のまま俸禄は支給される。家督は代々相続される。

次男坊で部屋住みということは、働く口もなくぶらぶらしている居候のようなものである。

家の者からすれば、食い扶持を減らすためもあって、早く他家に婿養子にでも出てもらいたい存在だ。

「私どもが察するところ、そんな部屋住みの木島様が真剣になって、あの一件をお調べになっているというのは、きっと背後に勘定奉行か、どなたかの密命があってのことではないか、と」

「その一件とは、なんのことかな？」

「それも、本当に御存知ない？」

萬字屋は疑い深そうに目を細め、番頭の浅吉と顔を見合わせた。

「二月《ふたつき》ほど前の早朝のこと、ある蔵宿の前で、一人の御武家様が割腹自害なされたのです」

「ほほう」

文史郎は左衛門を見た。左衛門も首を左右に振った。

「瓦版にも、そんな割腹騒動は見かけませんでしたな」

江戸のど真ん中、それも金持ちが多い蔵前の通りで侍が腹をかっさばいたともなれば、瓦版屋が見逃さぬ大事件だ。

「それはそうです。瓦版屋が嗅ぎ付ける前に、番小屋から番人が飛んで来て、直ちに御遺体を戸板に載せて、人目につかぬように運び出しましたからね。砂地に流れた血の跡もすっかり掃き清められた。その上、御役人がそこで見たことを口外しないようにいって回りましたから」

「いったい、割腹したのは何者だったのだ？」

「御家人か旗本の侍だったとかで、それ以上は、私どもも知りません」

「萬字屋殿は、その侍を見たのかね？」

「番頭さんの報せで、通りに飛び出したら、山口屋《やまぐちや》さんの店の前で騒ぎが起こっていました。一人の侍が大声で何かを怒鳴り、誰かを非難していたかと思うと、ここに抗議して、腹を切ると宣言なさった。そして、いきなり道に正座して、腹をかっ切って果てた」

「ううむ」

「山口屋さんは慌ててましたよ。その侍はなにやら山口屋さんの悪口をいっていたらしいのです。それで番頭が慌てて番所へ番人を呼びに行かせてました」

「山口屋？」

　文史郎は訝った。左衛門が脇から小声でいった。

「蔵宿の一つで、札差の中でも有名な大店ですよ」

「おう、そうか。で、辰之進は、その事件を調べておったというのか？」

「そのようです」

「辰之進はその事件を調べるのに、なぜ、おぬしを訪ねたのだ？」

「勘定奉行大島邦衛門《おおしまくにえもん》様が、萬字屋へ行けという指示をされたのではないかと」

「なぜ、そう思うのだ？」

「辰之進様がうちの店に御出でになられたとき、勘定奉行の大島様の紹介状をお持ちでした」

「なるほど」

「それで、紹介状にはなかったのですが、辰之進様に事件を調べるよう密命があったのではないか、と」

文史郎は一瞬考えていった。

「ところで、割腹した侍は、いったい何者だったのか？」

「分かりません。お上《かみ》は御存知だと思いますが、私たちには教えてくれませんでした」

「なぜ、山口屋の前で割腹するようなことをやったのか？」

「こんなことは大きな声でいえませんが、蔵宿山口屋さんはあくどい商売をしているからだと思います」

蔵宿とは札差の店が浅草橋の米蔵の前に並んでいたことから、札差のことをそう呼んでいた。

「あい済まぬが、蔵宿の商売について、少々話してくれぬか」

文史郎は悪怯《わるび》れずにいった。萬字屋は苦笑しながらも、面倒くさがらずにいった。

「分かりました。お話しましょう」

旗本や御家人は幕府から俸禄として御蔵米《みくらまい》を支給されることになっている。だが、旗本や御家人たちは実際に米を受け取っても、その保存や処分に困ってしまう。

そこで登場するのが蔵宿と呼ばれる民間の米蔵屋である。蔵宿は旗本や御家人に代わって幕府から蔵米を受け取り、生活に必要な米だけを残し、残りの米を米問屋に売って金に替え、手数料を取って武家に渡した。

御蔵米の支給手形は札《ふだ》と呼ばれ、蔵宿業者は、その札を預かって、御蔵米の米俵に割り竹に挟んだ札を差していったので札差と呼ばれていた。

米の値段は景気や豊作不作によって、毎年上下する。米の値が高い間はよかったが、飢饉が起こったり、米の作付けが悪くて収穫が不作になったりすると、武家の懐具合は悪化する。

そのため武家は、のちには将来入る見込みの禄米を抵当に、札差から前借りをするようになった。こうして札差は事実上金融業者になっていったのである。

「まあ、我々蔵宿も商売ですから、お金を貸す以上は、多少の利子はいただかなくては成り立ちません。同情して無利子でお貸しするほど、お金は余っておりませんからね」

「なるほど」

「お金に困った御武家様の中には、倹約や節約をせずに、さらに前借りに前借りを重ねる方がおられる。その結果、なんと十年、二十年先の禄米まで担保に入れて金を借りる人まで出てしまった」

「十年先、二十年先の禄米の金を借りたら、子孫の代の禄米まで、みな借金の形《かた》に札差に取られてしまうではないか？」

文史郎は頭を振った。萬字屋は平然とうなずいた。

「そうなりますな。しかし、我らとて人の子、そんな先まで禄米を担保に取ってしまっては、申し訳がない。それに御武家様の生活もなくなりましょう。ですから、心を鬼にして、これ以上お金は貸せないとお断わりするのです。ところが、それが一部の御武家様には我慢がならないのでしょうなあ。山口屋さんの場合も、おそらく、そうした借金浸けになった御武家様が怒って、割腹したのではないか、と私は見ておりますがねえ」

「辰之進は、そういう話を聴いて、どうするというのかね」

「私が思うに、辰之進様は、そうした事案を調べて勘定奉行に上げるのではないか、と思うのです。幕府は評定会議を開き、金利を大幅に下げようとするのではないか、と思うのです」

「なるほど。で、萬字屋、おぬしは幕府が金利を下げるようにいって来たら、どうする？」

「どうするもこうするもありません。お上のいうことを拒むことはできませんからな。ですが、ある程度、下げる利幅を狭めていただかないと、我ら蔵宿もやっていけませんのでねえ。蔵宿がやっていけなくなれば、御武家様もやっていけなくなるわけですから。我ら札差とお武家様は、持ちつ持たれつという間柄ですからなあ」

萬字屋は狸顔を崩し、にんまりと笑った。

文史郎は一見好々爺に見える萬字屋の目に、一瞬、背筋を冷たくするような光が走ったように覚えた。

五

赤ちょうちんの飲み屋は、仕事帰りの職人や商人たちで満席だった。

開け放った戸口からは掘割の水面を渡る涼しい夜風が入って来て、昼間の熱気を忘れさせてくれる。

稽古帰りの大門甚兵衛は、駆け付け三杯とばかりに、ぐい呑みの冷や酒を一気に飲み干した。

「なに、くそ萬字屋はそんなことを抜かしておったか」

大門は、どんとぐい呑みを飯台に叩きつけるように置きながらいった。

文史郎は驚いて、大門の顔を見た。左衛門も飲みかけの酒の手を止めた。

「大門、おぬし、何を怒っておる？」

「何か萬字屋に恨みがあるのか？」

「いやありませぬ。だが、殿は甘いですぞ。傍に付いている爺さんもしっかりせんと」

大門の剣幕に、周囲の飯台の客たちが大門を見たが、喧嘩ではないと分かり、また元のざわめきに戻った。

「いったい、なんだというのだ？」

「それがしは、旗本御家人ではないが、札差の悪辣《あくらつ》な金貸しぶりはほんとうにけしからん。武士を食い物にする悪党どもです。絶対に許せない連中だ」

大門は鍾馗様のような髯を撫でた。左衛門は笑いながらいった。

「どうして、なぜ、大門殿はそんなふうに萬字屋の悪口をいうのですかのう？」

「それがし、ある時期、萬字屋の用心棒をしたことがありましてな。その強欲ぶりを目《ま》のあたりにして、いくら金のためとはいえ、自分がそんな男の身を守るなど情けなくなり、金も貰わずに用心棒を辞めたほどでした」

「そんなにひどい男なのか」

文史郎は左衛門と顔を見合わせた。

「金のためなら、実の親さえ売り飛ばしかねない強突張《ごうつくば》りですよ」

「ほほう」

「札差はもともと札旦那（武士）から蔵米を預かり、米問屋に米を売って、札旦那にその代金を納める商売だった。そのとき売った代金から一定の手数料を頂く」

「うむ」

「豊作のときには、米がだぶつくので米相場の値段が下がり、札旦那に入る代金も少なくなる。反対に不作のときには、米が少なくなるので、値段は上がるものの、蔵米も少なくなるので、これまた代金はあまり入らない」

「うむ」

文史郎は話を聞きながら茄子の浅漬けを口に頬張り、ほんのりとした塩気を味わいつつ、酒を口に含んだ。

「これには米問屋の旦那連中が結託して、米の値段を上げ下げし、米相場を操っているんですが、話がややこしくなるので、ここでは省いておきましょう」

　大門はぐびっとぐい呑みを空けた。

「札差は、札旦那の武士に代わって米問屋に米を売るが、米問屋と結託して、いかようにでも売買価格や利益をいじることができる。売買益は出ていても、札旦那の武士に米は安くしか売れなかったと少なく報告して、利益は自分の懐に入れてしまう。その上に、何食わぬ顔で所定の手数料を取る。そうしたことを平気でやる連中なのです」

「なるほど」

「昨今、ありとあらゆる物の値段が上がるので、蔵米を売った上がりしか実入りのない武士たちはだんだん生活に困窮するようになった。金に困った札旦那の武士の中には、今年売った蔵米の代金だけでは暮らせないので、来年に入る蔵米を担保に、札差から金を借りるようになった」

「うむ」

「札差は、たとえ蔵米を担保に取ったからといって、ただで金を貸すわけがない。それで年利一割五分で金を貸し付けるようになった」

「年利一割五分も取るのか。それは酷だな」

文史郎は頭を振った。

左衛門が顎をしゃくった。

「幕府が定めた公定の利子は、たしか一割二分から一割五分程度だったと思ったが」

「札差には、そんなのはあってもなくても同じ。なにしろ、金に困った武士は、どうしても金がほしいので、どんな高利でも金を貸してもらおうとする。札差は、それをいいことに、いまでは一割八分もの高利をふっかけて貸し付けている。

なかでも萬字屋はあくどくて、借金漬けの困窮した武士に、なんと年二割もの高利で貸し付けたという噂なんです」

「二割もの利子を取るというのか」

「武家の多くはこの高利子を払うために、前借りに前借りを重ねているのです。なかには何年か先までの蔵米を担保にして借金を重ね、親子代々にわたって借金を返さねばならないほどの借金地獄に陥っている武士もいるのです」

「それでは、武士も形なしだな」

「そうなんです。借金を抱えた武士は札差に頭が上がらない。なにしろ金で抑え込まれているんですからな」

「お上は、そんな武家の困窮した生活を知らぬのかね」

「お上も札差の暴利には苦々《にがにが》しく思っています。それで幕府はこれまで蔵宿になんども金利の引き下げをさせていますが、利を下げれば、武士はさらに借金を重ねるので、焼け石に水なのです」

「そうだったのか」

文史郎は唸った。

「殿が聞いた萬字屋の話では、山口屋が襲われたのは、山口屋があくどい高利貸しをしているからだといっていたそうですが、とんでもない。山口屋は蔵宿の中では、一、二を争う大店だが、まだ良心的な商売をしようとしている店です。山口屋は武士が困窮するのを見兼ねて、なかなか武士に金を貸し付けようとしない。貸し付けても、ほかの札差より低利だといわれている。だから、山口屋は萬字屋のようなあくどい札差連中から憎まれている。事情通の蔵宿師に聞いても、山口屋だけは商売にならん、といわれるほどですからな。だから、山口屋が襲われたというのは、それがしから見るに、何か裏がありそうですなあ」

文史郎は訝った。

「その蔵宿師というのは、何者なのだ?」

「蔵宿師ですか？　こいつらも困った連中でしてね。武家と蔵宿の間に立って貸借の仲介をする周旋屋なんですが、周旋料を稼ぐため、借金漬けの武士に、まるで人助けのような顔をして、うまい条件の話を持ち掛け、さらに借金の山を背負わせる。そういう手合いの連中です。ろくな連中ではない」

大門は頭を振った。

文史郎はうなずいた。

「大門、蔵宿師の知り合いはいないか？」

「いないことはないですが、なぜですか？」

「蔵宿師は蔵宿の世界に通じているのだろう？　きっと辰之進の行方についても、知っているのではないか？」

「なるほど。蔵宿師なら何か知っているかもしれないですな。分かりました。それがしが知っている蔵宿師に鮫吉《さめきち》というけちな野郎がおりましてね。呼び出して訊いてみましょう」

「その鮫吉とはどういう知り合いなのだ？」

「いえなに、それがしが、殺されかけた鮫吉を助けたことがあるんです。それ以来、鮫吉はそれがしのいうことならなんでもする。さっきの裏話も、実は鮫吉から聞いたことなんです」

大門はぐい呑みにチロリの酒を注ぎながらいった。

六

大門は蔵前の通りをのっしのっしと軀を揺すって歩いた。

文史郎と左衛門は、大門のあとについて歩く。

大門は蔵宿がずらりと並んだ通りに入った。しばらく行くうちに、突然細い路地に折れて、姿を消した。

やがて、大門は一人の小柄な男を連れて出て来た。

「殿、こやつが鮫吉という男です」

大門が紹介した小柄な男は卑屈な笑いを浮かべ、盛んに文史郎と左衛門に頭を下げた。

「ここで立ち話は、いかにも目立ちますんで」

鮫吉は文史郎たちを近くの蕎麦屋へ連れて行った。

まだ昼前とあって、蕎麦屋に客の姿はなく、がらんとしていた。大門はさっそく、主人に笊《ざる》蕎麦を五人前注文した。

「大門殿、四人前ではないのか？」

左衛門が訝った。

「なに、大丈夫だ。二人前はそれがしの分なのでな」

大門は黒髯を撫でながら豪快に笑った。

「大門の旦那、いったい、今日は、どういう風の吹き回しであっしのことを」

「呼び出したか、というのか。尋ねたいことがあったからだ。さっそくだが、殿たちに話をして上げてくれ」

「と、殿様でやすか」

鮫吉はびくつき、首をすくめて恐る恐る文史郎を見た。

文史郎は笑いかけた。

「渾名《あだな》のようなものだ。気にするな。で、鮫吉とやら、一月《ひとつき》か二月《ふたつき》前、山口屋の店先で侍が割腹自害したそうだが、存知ておろうな？」

「へえ。よく知ってます。ちょうど腹を切るところに駆け付けたんで」

「そうか。その侍は何者だったのだ？」

「中野春之丞《なかののはるのじょう》という御家人でした」

「中野は腹を切る前に、何か大声で喚《わめ》いていたそうだな」

「へい」

「なんと喚いていたのだ？」

「蔵宿は儲け過ぎだ、武士の命を金で買っている、そんな蔵宿の大尽を許すお上もお上だなどといっていたと思います」

「なぜ、中野春之丞は山口屋の店先で割腹したのだ？」

「これは他人の噂ですよ。中野様は山口屋の欽兵衛《きんべえ》から借金を断られ、その腹いせに、店先で腹をかっさばいてみせたと」

「山口屋は、そんな非道《ひど》い札差なのか？」

「とんでもねえ。あっしらからすると、山口屋欽兵衛さんは、札差の中ではまともな方だ。いっちゃあなんだが、際限なく金を貸し付けて、武士を食い物にしてぼろ儲けをしている札差のワルはたくさんいる」

「ほう」

「山口屋欽兵衛は蔵宿としての矜持《きょうじ》がある。山口屋は確かに、ほかの札差のように無闇に貸し付けないが、それもお得意様である御武家様を借金地獄に陥らせないようにと、配慮してのこと。山口屋はできるだけお得意の御武家様には金を貸さないようにしている。どうしても貸さねばならない場合、貸し付ける金は返しやすいように、金額は少ないし、金利も安い。ほかの札差から比べると二割から三割は低い金利ではないかな」

「ほほう」

「山口屋はあっしらが持ち込む借金話は一切受け付けない。あっしらからすれば、ほんとにやりづらい相手ですが、しかし、まともな蔵宿として、一目《いちもく》置かれる大店なんです。だから、貸さないからと逆恨みしたという中野様の腹切りは、ちょっと納得がいかないんでやす」

「なるほどのう」

仲居が大きな盆に笊蕎麦を何枚も重ねて運んで来て飯台に載せた。

「おまちどうさま」

「おう、来た来た」

大門は手をこすりながら、さっそくに自分の前に二枚の笊蕎麦を置いた。

仲居が笑いながら、文史郎や左衛門、鮫吉の前に笊蕎麦を並べた。

大門は蕎麦汁に蕎麦を浸け、豪快に音を立てて啜《すす》りはじめた。

鮫吉も蕎麦を音を立てて啜りながらいった。

「そんな騒ぎがあったあと、一月ほど前のある晩のことですが、今度は刃傷沙汰《にんじょうざた》が起こった。それは御存知ですかな」

「いや知らない」

「その騒ぎは、深川からの帰りに山口屋欽兵衛さんの駕籠が襲われ、護衛についていた侍と番頭が斬られました。山口屋さんも斬られはしましたが、からくも逃げ延びた。怪我は負ったものの、命は無事でした」

文史郎は訝った。

「ほほう。下手人は何者だったのだ?」

「分かりません。襲った下手人は、黒頭巾姿で、かなり腕が立つらしく、天誅《てんちゅう》と叫びながら駕籠に斬りかかったというのです」

左衛門が訊いた。

「天誅か。それで下手人は?」

「下手人は役人が駆け付ける前に、いち早く逃れて姿を消したそうです」

「今度も山口屋が狙われたのだな?」

文史郎は蕎麦を汁に浸け、一気に啜り上げた。左衛門が顔をしかめた。

「殿、音を立てるのは、はしたないですぞ。おやめくだされ」

「爺、江戸では、音を立てて蕎麦を啜るのが蕎麦の食い方だそうだぞ」

「江戸っ子は江戸っ子。殿も爺も江戸っ子ではありません。殿ともあろう方が、そんな忙《せわ》しい、下品な食し方をしてはいけません。田舎の静かな食べ方が上品というものです」

　左衛門は毅然としていった。

「分かった分かった。で、鮫吉、おぬしの口振りだと、ふたつの事件には裏がありそうだな」

「へえ。山口屋欽兵衛をよく思わない連中が、裏で画策しているのではないかと思いやす」

「どういう連中だね?」

「大坂屋《おおさかや》、児玉屋《こだまや》といった札差でしてね、それら悪党連中の頭が萬字屋です。どうも、腹切り事件の裏には、その萬字屋一党の陰謀があるような気がするんでやす」

「どうして、そう思うのだ?」

「死んだ人を悪くいうつもりはないが、あの中野春之丞という御家人は、あっしら蔵宿師の間でも、話題に上がっていた人だった」

「どういうことで?」

「中野さんは博打場や遊廓に出入りしていて、その遊ぶ金ほしさに、何年ものの蔵米を担保に、札差から金を借り捲《まく》っていた御仁なんです。もちろん、その金貸しの筆頭は萬字屋。博打で金を儲けて借金を返そうとして、札差だけでなく、ありとあらゆる高利貸しから借金をしているんです」

「困った男だな。家族もいるだろうに」

「そうなんですよ。あっしら蔵宿師からも、これ以上は中野さんに借金を背負わせるのは酷だと敬遠していたのに、なぜか、萬字屋だけはあいかわらず高利で金を貸していた。御新造さんや娘さんもいるらしいのですが、中野さんは家をほったらかして、女郎に現《うつ》つをぬかしていた。あっしは直接は付き合ったことがないんですが、仲間の話では、どうしようもない駄目な男なんだそうです。その中野さんが、突然、豹変して、蔵宿を弾劾し、腹を切るなんて信じられない」

「なるほど」

「これも仲間内の噂ですがね、あの腹切りがあったあと、萬字屋は中野さんに貸し付けていた金をちゃらにしたというんです」

「どういうことだ?」

「普通なら、中野さんの後継ぎに借金を負わせて、金を取るんですがね。あまりに気の毒だってえんで、萬字屋なんかが率先して、借金をなしにしようといっているらしい。さらには、中野の御新造さんに大金の見舞い金が贈られたというんです。おかしいでしょう？」

「確かにおかしいな」

「萬字屋は、山口屋が目の上のたんこぶのように邪魔で仕方がないんです。というのは、萬字屋で借金苦に追い込まれそうになった御武家を何人か山口屋が救っているんですよ」

「ほう」

「萬字屋がせっかく蔵米を担保に、金を貸そうとした御武家を何組か山口屋に奪われ、萬字屋は山口屋に恨み骨髄に達しているんです。だから、中野さんを金で縛り付けて、山口屋の店の前で腹切りをさせ、山口屋を貶《おとし》めるようなことを仕組んだのではないか、と」

「なるほど。それで山口屋の評判は落ちたのか？」

「お上が聞き付け、山口屋やその周辺の者から事情を聴取したらしいです。事《こと》と次第によれば、札差の免許を取り上げようとしていた。ところが、調べてみると、山口屋の評判は悪くない。それで、いまもお上の沙汰は宙ぶらりんになっている」

　左衛門が顔をしかめた。

「殿、何か陰謀臭いですな」

「うむ。何かありそうだな。ところで、鮫吉、その腹切り事件を調べていた木島辰之進という若侍がいるのだが、おぬしは知らないか？」

鮫吉はうなずいた。

「知ってまさあ。あっしにも、木島様は聞き込みに来ましたからね」

「そうか。その木島辰之進だが、いまどこにおるのか、知らないか？」

「さあ、あっしは知りません。確か内神田のどこかに住んでいるようなことをいっていましたがね」

鮫吉は頭を振った。大門が黒髯を撫でながらいった。

「鮫吉、なんとか、その木島辰之進の行方を調べてくれんか」

「分かりやした。仲間が知っているかもしれない。ちょっとあたってみましょう」

左衛門が蕎麦を食べ終え、箸を置きながらいった。

「ところで、鮫吉、木島辰之進はおぬしに何を尋ねたのだ？」

「山口屋の貸し渋りについてでやす。木島様は中野春之丞が自害したのは、山口屋が貸し渋ったせいだと思い込んでましたからね。実際は、そうではない、と話したんでさあ。ついでに山口屋はましな方で、ほかの札差はもっと悪辣だと」

「それを聞いて木島はなんと申しておった」

「はじめはあっしのいうことを疑ってましたが、あとでは騙された、けしからんと怒っていた」

「騙された？　いったい誰に？」

「萬字屋から聞いた話とまったく違う、と」

「ほほう」

文史郎は左衛門と顔を見合わせた。

もしや、と文史郎は思い、鮫吉に訊いた。

「鮫吉、おぬしが木島と会ったのは、いつのことだ？」

「ええと、十日ほど前でしたかね。いやもっとなるかな」

文史郎は訊き直した。

「山口屋が深川からの帰りに襲われる前か、それともあとのことかの？」

「……たしか、事件のあとのことでしたね」

「殿、まさか……」左衛門が顔をしかめた。

「うむ」

文史郎はうなずいた。

鮫吉が目をしばたたいた。

「……ってえことは、なんですかい、木島辰之進様が山口屋を襲った下手人かもしれねえってことですかい？」

「かもしれぬ。あくまで推測だが、そうすると辻褄《つじつま》は合うな」

「確かに」左衛門はうなずいた。

「ところで、鮫吉、木島辰之進は中野春之丞について、どういう間柄か、何か申しておらなんだか？」

「木島家と古い付き合いがあるとも聞きました」

だんだんと事の概要が見えて来たように文史郎は思った。

鮫吉がふと思い出したようにいった。

「そういえば、一昨夜も、本所で斬り合いがありましてね」

「ほう。どんな事件だった？」

もしや、湯屋で町人たちが大声で話していた斬り合いのことかもしれぬ、と文史郎は思った。

「今度は児玉屋庄兵衛《しょうべえ》が襲われたらしいんです」

「襲った下手人は？」

「噂では、今度も黒頭巾の侍で、児玉屋が本所の妾宅からの帰りに、猪牙舟に乗ろうとしたところを、いきなり襲われたそうです。黒頭巾は天誅と叫びながら襲いかかり、立ち向かった用心棒が斬られて即死。児玉屋も瀕死の重傷を負ったそうです」

文史郎は訝った。

「そんな事件があったとは知らなかったな」

「いえ。巷《ちまた》では結構話題になっていたそうです。瓦版にも載ったそうで、たちまち売り切れたそうです。なんせ襲われたのが、悪名《あくみょう》の児玉屋だったので、みんな、それ見たことか、と同情しなかったようです」

文史郎は左衛門に向いた。

「爺、南町奉行所同心の小島啓伍にあたってくれ。至急、その事件のことや、木島辰之進と中野春之丞の間柄について調べてもらうのだ」

「分かりました」

左衛門はうなずいた。

文史郎はみんなを見回しながら静かにいった。

「もし、黒頭巾が木島辰之進だったら、次に狙うのは、おそらく萬字屋か、大坂屋となるな」

「そうですな。それで萬字屋は、わしらが訪れたとき、妙に用心していたのですな」

左衛門が合点《がてん》するように相槌を打った。

大門が笊蕎麦を平らげてからいった。

「鮫吉、萬字屋や大坂屋について、何か耳寄りな話はないか？」

「へえ。耳寄りな話といいますと？」

「児玉屋は本所に妾を囲っていたろう？　あんな話だ」

「そうですねえ。萬字屋も大坂屋も、無類の女好きだから、児玉屋同様、競うように妾を囲っているんでさあ。萬字屋なんかは、本所《ほんじょ》と根津《ねづ》に一人ずつ愛妾を住まわせていて、噂では、ほぼ毎晩、どちらかの妾の宅へ通っているということでさあ」

「大坂屋は、どうだ？」

「大坂屋も、深川に妾を一人囲っています。児玉屋が襲われて以来、夜、妾宅へ行くのも手控えているらしいという噂でさあ」

「萬字屋も出掛けなくなったかのう？」

「いんや、萬字屋はそんな臆病者ではないし、一晩も女なしに過ごせる男でもない。二三日は我慢していても、三日と店や家に閉じこもるわけがない。きっと、またぞろ夜になると出掛けるでしょうよ」

文史郎は考えながらいった。

「大門、おぬしは大坂屋を張り込んでほしい。出掛けたら、あとを尾《つ》けて、どこへ行くのか確かめてほしい」

「いいでしょう。鮫吉もいいな」

大門は黒髯をしごきながら訊いた。

「分かりやした。大門さんには借りがありやすから、嫌とはいえねえ」

鮫吉は大きくうなずいた。

左衛門が鮫吉に訊いた。

「念のためだが、大坂屋の深川の妾宅はどこにある」

「へえ。深川の弥勒寺《みろくじ》の近くにある一軒家でさあ」

「お妾さんの名前は？」

「お竹《たけ》。不忍池の水茶屋の元仲居で、評判のいい娘でした」

「ううむ。けしからん」

大門が鼻息を荒くした。

「大門殿、まあ、そう興奮しないで」

左衛門は笑いながら、鮫吉に尋ねた。

「萬字屋の本所の妾宅は、どこにあるというのだ？」

「東橋を渡って間もなくの閑静な屋敷町の中にありやしてね。周囲は武家屋敷に囲まれた贅沢な庭付きの一軒家でさあ。掘割沿いなので、船着き場もある」

「妾の名は？」

「お八重《やえ》。元御殿女中だったという美女でさあ。萬字屋はそれを金で口説き落として囲い者にしたそうでさあ」

大門が急かせるようにいった。

「して、根津の方の女は、どんな女だ？」

「お初《はつ》、名前の通りのおぼこ娘でしてね。田舎の百姓の娘ですが、親兄弟を養うために口入れ屋の紹介で妾奉公した感心な娘でさあ」

「けしからんな。いたいけな若い娘を囲うとは？」

大門は憤慨した。左衛門が笑いながらいった。

「大門殿、娘を女郎屋に売り飛ばすような親もいる昨今ですぞ。娘が親孝行しようと妾奉公するなんて、泣かせる話ではないですか」

文史郎も笑いながら大門を宥めた。

「大門、なにもお妾さんに会いに行くわけではないぞ。あくまで相手は黒頭巾だ。もし、黒頭巾の侍が木島辰之進だったら、止めねばならぬ」

　大門は文史郎に向いた。

「殿、では、黒頭巾を見付けたら、いかがいたします？　黒頭巾を取り押さえるか、それとも追い払うか」

「追い払うだけにしてくれ。たとえ悪いやつにせよ、木島に萬字屋を殺させるな」

「分かりました」

「黒頭巾が出るとすればやはり人気《ひとけ》が少ない夜だろう。いまは、この暑さだ。まだ陽も高い。これから、それがしはいったん長屋へ引き揚げて夜を待とう。皆も、夜まで軀を休めておいてくれ」

　文史郎は左衛門に向いた。

「爺、玉吉《たまきち》を呼び出してくれ。どうやら、玉吉の猪牙舟が必要になりそうだ」

「分かりました。玉吉を呼び出し、手伝わせましょう。これから奉行所へ行く途中に船頭の溜り場に立ち寄ってみます」

　大門はうなずいた。左衛門がいった。

「殿、それがしは、さっそく南町奉行所へ行って参ります。それから長屋へ戻ります」

「うむ。頼むぞ」

大門は黒髯を撫でた。

「ところで、殿、笊蕎麦をもう二枚ほど、いや鮫吉の分も入れて、あと三枚ほど、追加してもいいでしょうかな？　腹が減っては戦ができませぬので」

「大門殿、まだ食べるというのですか」

左衛門が呆れた顔でいった。

「ははは、爺、いいではないか。大門、思う存分食べるがよい」

文史郎は笑った。

大門は大声で蕎麦屋の主人に注文した。鮫吉もうれしそうに舌舐めずりをした。

七

夕闇があたりを覆いはじめた。先刻まで漂っていた霞も次第に黄昏《たそがれ》に飲み込まれて薄くなり消えていく。

掘割の水面に対岸の蔵宿の行灯の明かりが反射して揺らめいている。萬字屋と大坂屋の瓦屋根が夕暮の空を背景にして浮かび上がっている。

文史郎は船宿の窓辺に座り、冷酒を啜りながら、暮れていく江戸の町並みを眺めた。

掘割には、何艘かの猪牙舟や屋根船が往来している。

どこからか、酔客の笑い声や仲居の嬌声が聞こえてくる。部屋の中を照らす行灯の灯が微風に揺らめいた。

文史郎は、米助の恋煩いの相手を探す仕事が、思わぬ方向に進みだしたことに、少々戸惑いを覚えていた。

辰之進を捜し出すだけでは、事《こと》は済みそうにない。

蔵宿の萬字屋たちの高利貸しは、目にあまるものがある。辰之進がそれに怒って蔵宿たちを懲らしめようとしているとしたら、下手《へた》に辰之進の邪魔をすれば、結果的に萬字屋たちを助けることになる。

かといって、米助が恋い焦がれる辰之進が、蔵宿を襲うような大罪を犯そうとしているのをみすみす見逃すこともできない。

いったい、どうしたものか、と文史郎は思い悩んだ。

一艘の猪牙舟が対岸の船着き場の桟橋に静かに寄せるのが見えた。

人影は船頭に待つようにいい、舟から岸に上がった。着流し姿の侍だった。腰に大小の刀が差してある。

侍は掘割に沿った道をゆっくりと歩き出した。柳の木の下で、人影は止まった。蔵宿の方を窺っているかのように見えた。

もしや？

文史郎はすっくと立ち、大刀を手に、部屋を出た。階段を急いで下り、草履を履きながら、腰の帯に大刀を差した。

「お出かけですか？」

女将が文史郎に声をかけた。

「うむ。爺が戻ったら、それがしは所用でちょっと出かけた、すぐに戻る、といってくれ」

「はい。行ってらっしゃいませ」

女将は上がり框に座り、文史郎を見送った。

文史郎は掘割沿いの道をゆっくりと歩き、対岸の道を窺った。

柳の木は何本も立っている。そのうちの一本の幹に隠れるようにして黒い人影が見える。文史郎は急がず騒がず、ゆったりとした足取りで最寄りの橋を渡った。

陽は西の彼方に落ち、残照が富士山にかかる雲を茜色に染めている。だが、あたりはすっかり夕闇に覆われ、船宿の行灯や水茶屋、小料理屋の行灯が暗がりに仄かな明かりとなって浮かんでいた。

　吊り提灯が二つ、ぶらぶらと揺れて近付いてくる。大きな風呂敷の包みを背負った行商人たちが声高に話しながら、文史郎とすれ違った。二人は橋を渡って対岸に歩いて行った。

　文史郎は柳の木が並ぶ掘割沿いの道をゆっくりと進んだ。道は土手の上にあり、右手は掘割になっている。道の左側はやや坂になって下っており、そこに萬字屋や大坂屋の米蔵の白壁が並んでいる。

　土手と蔵の間の空き地には薄《すすき》や背丈の高い雑草が繁っていた。

　行く手の暗がりを小さな黒い影が過《よぎ》った。影は柳の木に駆け寄り、そこに佇む侍の影と何事か言葉を交わした。

　女だ、と文史郎は思った。それも若い娘。

　二つの影は柳の下で寄り添い、一つの影になっている。

　なんだ、女に逢いに来た男だったか。

　いまさら引き返すのも却《かえ》って不自然だ。

　文史郎は歩調を変えず、そのまま大股で歩き続けた。

　柳の近くまで来た時、小さな影は飛び跳ねるように男の影から離れ、文史郎の前を過《よぎ》って蔵の方へ駆け戻った。

我ながら不粋な。二人の逢瀬を邪魔したか。

文史郎は苦笑いした。通りがかりに柳の木に凭《もた》れた男を窺った。

まだ天空に残っている薄明りの下、男の姿が朧《おぼろ》に見えた。

細身だが、上背がある若侍だった。着流しの着物の帯に大小を差している。暗がりだったが、月代もしっかり剃った侍だ。

若侍から油断のならぬ強い剣気が放たれている。

文史郎は通りすがりに、男に頭をちょっと下げた。

「御免」

相手は虚を突かれたのか、ぴくりと躯を動かし、慌ててお辞儀を返した。

文史郎は、そのままゆっくりと掘割沿いの土手の道を進んだ。

真直ぐに行けば、大川端の浅草御蔵の船着き場に至る。米蔵が軒を並べて林立している。

陽は落ち、空には星がまたたき出していた。

五十間ほど行ったとき、突然、背後から女の悲鳴が上がった。

文史郎は、はっとして振り返った。暗がりに刃の鈍い光が入り乱れていた。

数人の影が無言のまま斬り合っている。

先刻、若侍がいた柳の付近だ。

文史郎は腰の大刀を押さえ、急いで引き返した。

かすかな星明かりに、先刻の若侍を囲み、四、五人の黒装束姿の男たちが刀を揮《ふる》っている。

若侍は柳の木を背に、八相に構えていた。二人の黒装束が正面から連なるようにして斬りかかった。

若侍の体《たい》が翻《ひるがえ》り、併せて剣が一閃した。初めに斬りかかった影が胴を抜かれた。返す刀で、すぐあとから躍りかかった影を袈裟掛けに斬り下ろした。

小野派一刀流木の葉返し。

文史郎は腰の大刀を押さえながら、若侍が並みの腕ではないのを見て取った。

黒装束の影はひるまず、若侍を三方から囲み、剣を構えた。左右の影が上段に構え、真ん中の影が姿勢を低くし、中段の構えに移った。

三方囲み刺殺陣。

柳生流の必殺技だ。

左右の二人が斬られるのを覚悟して相手を攻めて隙を作る。その隙を狙い、真ん中の一人が剣で刺突《しとつ》して相手を仕留める。

「待て待て。一人に多勢は卑怯なり！　若いの、加勢いたすぞ！」

文史郎は大刀の鯉口を切った。

黒装束たちの影が振り向き、そのうち二人が文史郎の前に立ちふさがった。

若侍を囲んでいた黒装束たちは、文史郎の怒声に一瞬気を殺《そ》がれたのか動きが乱れた。

若侍は体《たい》を沈めて左右の男たちの刀を掻い潜り、刺突しようとしていた正面の男を斬り下げた。

左右の影が慌てて若侍に斬りかかった。若侍は体《たい》を躱《かわ》し、正面の男を斬った刀で、左の影の胴を払い斬った。だが、右の男の刀を躱すのが一瞬遅れた。

若侍は右肩を斬られながらも、剣を翻し、下から影を斬り上げた。血飛沫が噴き出した。

若侍は尻餅を突き、なおも斬りかかろうとする黒装束たちに剣を構えた。

文史郎は走りながら、大刀を引き抜きざま、右の影の刀を打ち払い、くるりと体《たい》を回して、左の影の胴を払った。影はうっと唸り、その場に蹲《うずくま》った。

「峰打ちだ。安心せい」

影の一人が若い女を羽交い締めにしていた。もう一人が刀を女の首にあてていた。

「かなえ！」

若侍が女の名を叫んだ。

「辰之進さまあ」

女の悲痛な声が上がった。

やはり辰之進だった。

かなえという女を人質にして辰之進の抵抗を封じようとしているのか？

「おのれ！　卑怯な」

文史郎は怒鳴りながら、小刀を抜きざま、女の首に刀をあてている影に投げ付けた。

影の刀が女の喉を切り裂いたかに見えた。ほとんど同時に、文史郎の小刀が影の背中に突き刺さった。影は悲鳴も上げず、その場に崩れ落ちた。

羽交い締めしていた影が慌てて女の軀を離した。女は地べたに崩れ落ちた。影は女に刀を掲げ、止《とど》めを刺そうとした。

文史郎は一瞬早く駆け寄り、刀で影の胴を払った。男の影は吹き飛び、土手から草地へ転がり落ちた。

「辰之進、味方だ。かなえ殿は拙者文史郎が預かった！　おぬしは逃げ延びろ！」

「かたじけない」

辰之進の声が返った。

文史郎は足許に倒れたかなえを庇い、大刀を構えた。まわりを数人の影が取り囲む。

文史郎は大刀の峰を返し、八相に構えた。

「止むを得ぬ。かかってくる者は容赦なく斬る」

文史郎の気を察した影たちは、さっと四方に下がった。

暗がりから湧くように黒い影が現れて来る。いったい、何者だというのだ？

文史郎は周囲の男たちに気を配りながら、あたりを見回した。敵の数は十人以上に増えている。

辰之進は掘割の端まで追い詰められていた。

まだ数人の影が辰之進を仕留めようと迫っていた。

辰之進は八相に構えようとしているが刀が上がらない。さっき右肩を斬られたために力が入らないのだ。

二人の影が左右から同時に若侍に斬りかかった。辰之進は左の一人を斬ったが、右からの影の攻撃には対応できなかった。辰之進は身を翻し、掘割に飛んだ。

水音が響いた。

黒装束たちは掘割を覗いた。

「殿！　ご無事か？」

「殿、御加勢いたしますぞ」

暗がりから大門と左衛門の声が響いた。

土手の道を駆けてくる足音が響いた。

「大門、爺、ここだ！　容赦するな。こやつら、敵だ」

文史郎は怒声を上げた。

影たちが新たな加勢に逃げ腰になった。

「引け」

低く野太い声が響いた。

それを合図に一斉に黒装束の群れは引き揚げはじめた。負傷者たちを抱え起こし、死体を担いで闇の中に退いて行く。

文史郎は刀を構えたまま、娘に屈み込んだ。

かなえと呼ばれた娘佳苗は肩口を切られ、出血はひどいものの、まだしっかりと呼吸していた。

どたどたと足音が迫り、大門が駆け付けた。

「殿、大丈夫か」

ついで左衛門が駆け付けた。

「殿、ご無事か」

二人は荒い息をしている。

文史郎は刀を鞘に納め、佳苗を抱え起こした。肩口から血が噴き出ている。

袖を引き千切り、佳苗の傷口にあてて出血を防いだ。

「大門、辰之進が掘割に落ちた。助けろ」

「よし、任せろ」

大門は掘割に駆け寄った。

「爺、玉吉は？」

「近くに待機してます」

「玉吉を呼べ。この娘を幸庵《こうあん》のところへ運ぶ」

「分かりました」

左衛門は身を翻し、暗闇に駆けて行った。

「娘子、しっかりせい」

文史郎は抱えた佳苗を揺すった。佳苗は目を開け、弱々しい声でいった。

「辰之進さまは？」

「安心せい。大丈夫だ。きっと逃げ延びている」

文史郎は励ました。

「殿、暗くて見当らんです」

大門が駆け戻って告げた。

「大門、船着き場に舟はいなかったか？」

「舟？　いや、見なかったですな」

「うむ。辰之進は、きっと舟に助けられた。逃げ延びたはずだ」

文史郎は安心した。

暗がりから左衛門が駆け戻った。左衛門は息急《せ》き切りながらも、文史郎に告げた。

「殿、玉吉の舟が来ます」

「よし」

文史郎は佳苗を抱え上げた。佳苗は気を失い、ぐったりとしていた。

八

「山は越えました。もう大丈夫でしょう」

陣内幸庵は佳苗の脈を取っていた手を下ろしていった。

「顔色もよくなった。少しなら話もできましょう。ただし、無理はさせぬように」

幸庵はかつて文史郎がいた松平家の主治医をしていた蘭医である。外科の腕も医師シーボルトの下で修業している。

「ありがとうござった」

文史郎は礼をいった。

「よかったですね、佳苗さん」

着物姿の弥生が蒲団に横たわった浴衣姿の佳苗に夏掛けを掛けた。

「あとは、おいしい物をたくさん食べて、ゆっくりと養生することです。若いから、みるみるうちに快方へ向かうことでしょう」

「先生、ありがとうございます」

弥生も礼をいった。

佳苗はやつれていたが、弥生に劣らず美貌だった。弥生が濡れた手拭いで佳苗の汗ばんだ顔を拭い、広い額にまつわるほつれ毛をかき揚げている。

控えていた左衛門も丁寧に礼をいい、案内に立った。

「では、お大事に」

幸庵は左衛門に案内され、部屋を出て行った。

道場の方から、床を踏み鳴らす足音や気合い、竹刀を打ち合う音が響いてくる。時折、大門の指導する声が聞こえてくる。

道場裏手にある母屋は、それでも裏の林を抜けて吹き寄せる涼風のおかげで、表の道場よりもはるかに涼しかった。

「弥生、申し訳ない。迷惑をかける」

文史郎は謝った。

「いいんですよ。こんなことぐらい。少しも迷惑じゃありません。申し上げたでしょう？　私はいつでも相談人の皆さんのお手伝いをすると。こんなことでお役に立てるなんて、と喜んでいるくらいです」

弥生は甲斐甲斐しく佳苗の世話を焼いていた。いつの間にか、弥生と佳苗はまるで姉妹のように親しくなっていた。

「弥生姉さん。申し訳ありません。私のために、ご迷惑をおかけして……」

佳苗はか細い声で弥生や文史郎に謝った。

「大丈夫。心配しないで」

弥生は団扇で、佳苗に風を送った。

文史郎は枕元に胡坐をかき、佳苗に笑いかけた。

「気にするな。それよりも、なぜ、おぬしたちが萬字屋や大坂屋を狙うのか、訳を話してくれぬか」

「はい」

佳苗は小さくうなずいた。

「蔵宿山口屋の店先で割腹自害した中野春之丞と木島辰之進は、いかなる間柄なのだ？」

「中野春之丞は、私の父にございます」

「なんと」

「辰之進様と父は時期こそ違いますが、同じ町道場に通っていました」

「小野派一刀流だな？」

「はい。父も辰之進様も、免許皆伝を受けております」

「うむ。その腕前、昨夜、じっくりと見せてもらった。辰之進とおぬしは、どういう間柄なのかのう？」

「幼なじみです」

佳苗は恥ずかしそうにいった。

中野家と木島家はかつて同じ御家人屋敷に住んでおり、隣人同士だった。

佳苗は中野家の一人娘。辰之進と佳苗は小さいころから兄妹のように親しく育った。

辰之進は木島家の次男坊、家は長男が継ぐことになっていたので、親たちは、将来、辰之進が中野家に婿入りし、佳苗と夫婦になって、中野家を継ぐのを望んでいた。

両家の親たち以上に、辰之進と佳苗は子供のころから、許婚《いいなずけ》同然に互いを思っており、当然のこと、将来は夫婦になろう、と誓い合っていた。

ところが、佳苗の父の中野春之丞は、酒癖が悪く、上司と喧嘩をした結果、役付きでなくなったころから、自暴自棄になってしまった。遊廓や賭場に出入りするようになり、身を持ち崩し、蔵米を担保に札差から金を借りるようになって、いつしか借金浸けになっていた。

木島家は、そんな中野春之丞に愛想を尽かし、辰之進を中野家へ婿養子に出すことに二の足を踏んでいた。

その矢先に、中野春之丞が割腹自害をやるという挙に出てしまったのだ。

幕府は中野春之丞が山口屋の高利貸しを弾劾して割腹自害したので、勘定奉行に山口屋の営業を停止させ、高利貸しの実態の調査を命じた。そして、その中野家は御家断絶になった。

そのため、木島辰之進と中野佳苗の婚約は解消されてしまった。

「なぜ、お父上は、あのようなことをしたというのかのう」

「あとになって分かったのですが、父は萬字屋次左衛門や児玉屋庄兵衛たちに騙され、唆《そそのか》されたのです」

「騙され、唆された？　どのように？」

「もし、父が山口屋の店先で割腹自殺をすれば、これまでの借金およそ千両をすべて帳消しにすると、さらに残された母と子の私の生活の面倒を一生みようというものでした」

「どうして、おぬし、そのことを知ったのだ？」

「父の遺書と一緒に、萬字屋次左衛門や児玉屋庄兵衛直筆の書状が出てきたのです」

「佳苗殿は、その書状を持っているのか？」

「いえ、辰之進様にお渡ししました。辰之進様がお持ちのはずです」

そうか、と文史郎は思った。

辰之進が米助に預けた紙包みは、その書状だったのではないのか？

だとしたら、と文史郎は疑問に思った。

「辰之進はそれを読んで真相を知っているのに、なぜ、山口屋を襲うようなことをしたのだ？」

「それは父の遺書と、その書状が出てくる前のことです。辰之進様は、そんなこととは知らずに、またも萬字屋に騙され、山口屋さんを襲ってしまったのです」

「辰之進は、何度も萬字屋と会っているようだが」

「はい。辰之進様は勘定奉行の大島様に、父の自害した事情を調べさせてほしいと自ら願い出て、許されたのです。大島様が懇意にしている萬字屋を紹介された。そこで辰之進様も萬字屋にいいようにいいくるめられたのだと思います」

「事情を知らなかった辰之進は中野春之丞を割腹自殺に追い込んだのは蔵宿山口屋だと思い、その恨みを晴らそうとして山口屋を襲った？」

「はい。そうです」

「しかし、書状が出てきて、読んで真相が分かったというのに、その後も、萬字屋に会っているが」

「はい。辰之進様は騙された振りをして、萬字屋次左衛門や児玉屋庄兵衛、大坂屋に近付き、全員を成敗するといっていたのです」

「なるほど」

「私も武士の娘です。将来を約束した辰之進様を一人、危地に送り込ませるわけに行きません。それで私も父の仇を討つため、萬字屋の女中に潜り込み、次左衛門の動きを探ることにしたのです」

「辰之進がそうしろ、といったのか？」

「いいえ。辰之進様は私が萬字屋に入るのに大反対でした。でも、私は反対を押し切って、そうしました」

「おぬしも困った女子《おなご》だな」

文史郎は頭を振った。

「佳苗さんの気持ち、私は分かります。私だって、御慕いする人のためになら、命を投げ出してもいい、と思いますもの」

弥生がうなずき、じっと文史郎を見つめた。

「辰之進様が死ぬときは、私も死にます」

佳苗もきっぱりといった。

文史郎は二人の娘の決意にたじたじとなった。

「おいおい、そう死に急ぐな。おぬしたちはまだ若い。何度でもやり直すことができる」

「いえ。そんなことはありません」

弥生も佳苗も決然としていった。

廊下をどかどかと歩く音が響いた。文史郎はほっとして廊下へ目をやった。

左衛門と大門の二人が部屋に入ってきた。

「佳苗殿が山を越して、元気になったとか、よかったよかった」

大門が手拭いで胸元の汗を拭いながら、どっかりと胡坐をかいた。左衛門も笑顔で座った。

「爺、出掛けるぞ」

文史郎は大刀を手に立ち上がった。

「殿、どちらへ？」

左衛門と大門が同時に訊いた。文史郎はにやっと笑った。

「大門、おぬしは、ここにいて、弥生といっしょに、佳苗を守ってくれ。またぞろ、柳生の狗《いぬ》どもが襲ってこぬとも限らぬのでな」

「殿、引き受けた。安心して出掛けてくれ。拙者と弥生殿で、佳苗殿はお守りする」

左衛門は訝った。

「殿、どこへ行くというのですか？」

「まあ、それがしに付いて来い。辰之進を助けに参る」

手負いの辰之進が逃げ込むとしたら、自宅ではない。自宅はあの黒装束の連中に張り込まれていることだろう。

しかし、なぜ、柳生の御庭番が動く？

おそらく蔵宿と深く結びついた勘定奉行やその背後にいる幕閣の陰謀に違いない。蔵宿のため、借金地獄に陥っている旗本や御家人の不満を爆発させぬために、辰之進の抹殺を図ろうというのだろう。

おもしろい。天下の御政道を糾《ただ》すためにも、やってやろうではないか、と文史郎は思った。

九

玉吉は猪牙舟を深川の弥勒寺の船着き場に寄せて止めた。

米助の家は弥勒寺に隣接した住宅地にある。

「殿、なぜ、米助の家を御存知なのですか？」

左衛門が不審な顔で訊いた。

「それは、まあ。……米助に聴け」

文史郎は左衛門を黙らせ、猪牙舟から船着き場に飛び移った。

左衛門が続いた。

「なぜ、米助の家に辰之進が匿われているというのですか？」

「それがしの勘だ」

文史郎はにやっと笑った。

許婚の佳苗がいる以上、米助は辰之進への思いをあきらめるに違いない。

玉吉も舟を舫《もや》い綱で杭に繋ぎ、岸を駆け上った。

土塀沿いに文史郎は急いだ。土塀が切れたところに黒塀に囲まれた米助のしもたやがある。

ふと殺気を感じた。

女の悲鳴が聞こえた。

ついで物が壊れる音が続く。

しまった、遅かったか。

文史郎は臍《ほぞ》を噛んだ。

「玉吉、番所に行け。役人たちを呼べ」

「合点!」

玉吉が踵《きびす》を返し、駆け戻った。

米助の家の玄関の引き戸ががらりと開き、小太りの下女が転がり出た。

「た、助けて」

「どうした?」

「大勢の黒覆面が押し掛けて……」

文史郎は最後まで聞かずに、玄関から家の中に飛び込んだ。

左衛門が文史郎に続いた。

居間から米助の啖呵を切る声が響いた。

「どこの誰かは知らないが、他人の家へずかずかと踏み込みやがって、なんて無礼な連中だい。ここは、辰巳の米助のやさだぜ。この人を斬るなら、私を斬ってからにおし。ただし、いっておくが、この米助姐さんはねえ、そんじょそこらの雌猫とは違うんだ。束になってかかってきな」

居間には黒装束たちが十人ほど詰め掛けていた。

「待て待て。米助、助けに参ったぞ。拙者がお相手いたす」

文史郎は抜刀して黒装束たちの中に飛び込んだ。

黒装束たちは一斉に飛び退いた。

「右に同じ！」

左衛門も文史郎に続いた。

文史郎は黒装束たちが飛び退いた間を縫って、居間に踏み込んだ。目に入った光景を見て、度胆を抜かれた。

床の間を背にして、赤い腰巻き姿の半裸の米助が刀をかざしていた。

白い肌が朱色に染まり、形のいい乳房が目に飛び込んだ。

美しい。

文史郎は一瞬、米助の裸身に息を飲んだ。

黒装束たちがたじろいだのも無理はない。

米助の背後に庇われた若侍が、小刀を構え、顔面蒼白にして、黒装束たちをにらみつけている。

「あ、殿様！　左衛門様」

米助がほっとした顔をした。慌てて胸を手で隠した。

文史郎は左衛門といっしょに、米助を背後に庇い、大刀を構えた。

文史郎は抜き放った大刀の峰を返した。

斬って斬って斬りまくる。

「拙者、若月丹波守清胤。改め大館文史郎。米助に代わってお相手いたす。昨日に続いて、今日という今日は許さぬ。おぬしたち、存分に覚悟してかかって来られよ」

「殿に同じ」

左衛門が叫ぶ。

文史郎はちらちら米助の胸に目をやり、慌てて元へ視線を戻す。

黒装束たちは気を取り直し、刀を構えた。

「おぬしら、御庭番とお見受けする。誰が頭《かしら》だ?」

文史郎は怒鳴った。

黒装束たちは無言だった。だが、黒装束の群れの背後にいる男が前に進み出た。

文史郎は、その男が頭と見て、はったりをいった。

「おぬしらの目当ては分かっている。萬字屋たちの書いた書状だろう?」

「…………」

頭は無言だった。しかし、呻くような声でいった。

「それを渡してくれれば、おぬしらの命は助けよう」

文史郎はしめた、と思った。敵は術策に乗って来たのだ。

「拙者、文史郎、おぬしはすでに調べて存知ておろう?」

「…………」

「それがしの名は、松平《まつだいら》文史郎。大目付松平義睦《よしのぶ》は、それがしの兄。この度のこと、すでに萬字屋の書状とともに、大目付松平義睦にお届けしてある。もはや、手遅れだぞ」

「たわけたことを。そこにいる木島辰之進が懐に見える書状こそ、本物」

文史郎は一瞬、しまったと思った。振り返ると、辰之進が小袖の衿の間の紙包みを抑えている。

米助が文史郎に目くばせした。まずい、ばれているというのか。

文史郎は頭にふんと笑った。

「ははは。そんな紙切れ、辰之進、くれてやれ。すでに大目付には本物が提出されておるのだからな」

文史郎は下がり、辰之進に手を延ばした。

「しかし、……」

「しかしも、へったくれもない。寄越せ」

文史郎は辰之進の懐から紙包みを抜き出した。

「さあ、偽物の書状だ。持って行け」

文史郎は怒鳴りながら、宙に紙包みを放り上げた。

宙に散った紙包みは解けて、ばらばらになって落ちてくる。

文史郎は頭が取ろうとしたら斬るつもりで構えた。

黒装束たちは、一瞬どよめいた。ばらばらになった紙は、どれも白紙だった。

文史郎も驚いたが、知らぬ顔をしていった。

「さあ、どうだ」

頭は畳の上に舞い落ちた白紙を手に取った。

「引け」

頭は低い声で命じた。

黒装束たちは一斉に引き揚げはじめた。

「おととい来やがれ！」

米助があざけりの声を浴びせた。

黒装束たちが引き揚げるのと、入れ替わるように、玉吉に引き連れられた役人たちが駆け付ける声が響いた。

「どうなっているのだ？」

文史郎は刀を鞘に納め、畳の上に散った書状を掻き集めた。

「ほんとだ。どれも白紙だ。どうなっているのだ？」

辰之進もおろおろしている。

米助は着物を着込み、たおやかに笑った。

「殿様、私が万が一にと思い、偽の紙包みと入れ替えておいたのですよ。さっきは、殿に、それを見破られたか、と驚いたんです。さすが殿様と思って」

米助は陶然とした笑顔で文史郎と辰之進に流し目をした。

「本物は、これこの通り、隠してあったのです」

米助は長火鉢の引き出しを開けた。そこから紫色の布に包まれた物を取出し、辰之進に渡した。辰之進は急いで包みを開けた。

中から紙包みがそっくり現れた。

「辰之進、事情はすべて分かった。それを預かろう。もうおぬしが出る幕ではない。さっきの話の通り、拙者が大目付の兄者松平義睦に、それをお届けし、畏れながらとお上に申し上げる。あとは幕府が、今回の事件にからむ勘定奉行や幕閣をどう粛清し、蔵宿たちを処罰するかだ」

文史郎は紙包みを懐に仕舞い込んだ。

「ありがとうございます」

辰之進は頭を文史郎に下げた。

「佳苗がおぬしの無事を願って待っておるぞ。爺、辰之進を佳苗の許へ連れて行ってやれ」

「はい、畏まりました」

左衛門は辰之進に手を延ばし、引き起こした。

米助が辰之進の軀を支えた。

「米助、残念だが」

「殿様、分かっていますよ。辰之進様から、昨夜聞きました。私も辰巳芸者、意気と張りで生きています。あきらめるときは、きっぱりと未練なくあきらめます」

米助は笑いながらうなずいた。その目には溢れるばかりの涙が溜まっていた。

辰之進は迎えに来た玉吉と左衛門に両肩を支えられ、家を出て行く。

米助は何もいわず、じっと見送っていた。

「米助、今夜は御座敷はあるのか」

「もちろんですよ」

「断れ。拙者がお相手するぞ」

「殿様、私の戦場は御座敷です。御座敷あっての辰巳芸者。大丈夫です。御座敷に上がれば、いつもの私に戻るのですから」

米助は笑い、そっと涙を袖で拭った。

「おう。それでこそ、米助。それがし、惚れなおしたぞ」

「ま、お上手いって」

米助は戻ってきた下女に片付けをいいつけ、文史郎の背を押した。

「さ、お帰りになって。さっきの包み、お兄さんに届けてくださいな。きっとですよ」

文史郎は米助の笑いに送られ、家の外に出た。捕り方たちが大勢、集まっていた。

文史郎は空を見上げた。爽快な気持ちになって、歩き出した。

第三話　遺恨

一

文史郎は夢を見ていた。
何かに追われる夢だ。逃げようにも足がもつれて、逃げられない。文史郎は焦った。
文史郎に追い付いた影は、得体の知れぬ獣だった。これまで見たこともない。
文史郎は手許の大刀を引き寄せ、来るなと叫んだ。
そのとき、蚊帳《かや》の外に、何かの気配を感じ、文史郎ははっと目を覚ました。
開け放った戸口から、朝の爽やかな風が吹き寄せ、蚊帳を揺らしている。
台所から猫が顔を出し、甘えた声を立てた。
——なんだ、猫だったのか。

この数日、長屋に迷い込んだ野良猫だった。首に赤い紐の首輪があったから、飼い猫だったのだろう。だが、猫はよほど長屋が気に入ったらしく、いまのところ、出て行く気配はない。

「おいで」

文史郎は起き上がり、蚊帳から外へ出て、手を出した。だが、猫はふいっとそっぽを向き、尻尾を立てて、戸口から出て行った。

そのとき、蚊帳の中に隣に寝ていたはずの左衛門の姿がないのに気付いた。

左衛門の蒲団が畳まれ、きちんと壁際に積まれている。

「爺、どこに行った？」

狭い部屋の中を見回した。朝の早い時刻、いつもなら、左衛門は台所に立ち朝餉の用意をしていた。

その台所がひっそりとしている。

左衛門は早朝からどこかへ出掛けたらしい。もしかして、近くで開かれている朝市にでも買い出しに行ったのかもしれない。

文史郎は蚊帳を外して折り畳んだ。自分の蒲団を畳み、左衛門の蒲団の上に重ねて載せた。その上に蚊帳を積む。

文史郎は思い切り背伸びをし、手足を振った。腕を回し、肩の疲れを解《ほぐ》す。

台所の水甕から杓《ひしゃく》で水を掬《すく》い、喉を鳴らして飲んだ。

台所の板の間には、朝餉の膳が用意されてあった。膳には、白い布巾が被せてある。

その布巾の上に、一通の封書が置いてあった。

表には文史郎様という文字があった。

裏を返すと篠塚《しのづか》左衛門とあった。

——爺の置き手紙か？

文史郎は首を傾げながら、封書を開け、中身を検《あらた》めた。

畏《かしこ》まった文言《もんごん》の達筆な字が並んでいた。

——やれやれ、爺も大仰な。

文史郎は生欠伸《なまあくび》をしながら、文面に目を通した。

——なに？

すぐには文言の意味が汲み取れず、いま一度手紙文を読み返した。

『……この度、勝手ながら一身上の都合により、殿様の傅役《もりやく》を辞任させていただきたくお願い申し上げます。……頓首《とんしゅ》再拝』

——爺が傅役を辞任するだと？　馬鹿な。

文史郎は、悪い冗談だな、と笑った。

爺こと篠塚左衛門が文史郎の傅役に就いたのは、いまから二十三年前になる。当時、文史郎は信州松平《まつだいら》家の四男坊で、元服前の十二歳だった。

左衛門はまだ若く、四十歳になったばかり。父松平貴睦《たかのぶ》の近侍だったが、父の命令で、暴れん坊の文史郎の傅役に任じられた。それ以来、左衛門は、いつも文史郎の側近としてついてまわった。

文史郎が若月家へ婿養子に入る際にも、左衛門は故郷に家族を残したまま、傅役として那須川藩に入っている。

左衛門は、常々、文史郎とは離れるつもりはなく、終生傅役を勤めるつもりだ、と話していた。その爺が、突然、傅役を辞めると言い出したとは、到底信じられることではない。

「爺、悪戯《いたずら》はよせ。もう、そのような悪戯をする歳でもなかろうに。隠れていないで、出てこい」

文史郎は大声で左衛門を呼びながら、あたりを探した。

だが、左衛門の返事はなかった。

――いったい、どこへ雲隠れしてしまったというのか？

文史郎は腹が減っていたこともあり、朝飯を食おうと、膳の前に胡坐をかいて座った。

膳に掛かっていた布巾をめくり上げると、茄子《なす》と胡瓜《きゅうり》の浅漬けを入れた皿と、梅干しを入れた小鉢があった。

茶碗と味噌汁用の椀が伏せてあり、文史郎の箸が並べてあった。

文史郎はお櫃《ひつ》の蓋《ふた》を開け、ほんのりと温かい飯をしゃもじでよそって茶碗に盛った。

鍋の蓋を開け、おたまで味噌汁を掬って、椀に入れる。

——爺のやつ、いったい、何を考えているのか。

飯や味噌汁がまだ温かい様子から見て、左衛門は朝餉の用意をしてから、出て行った様子だった。

文史郎は一人もくもくと朝の食事を摂《と》るのだった。

壁越しに、右隣に住むお福の怒鳴る声や子供の泣き叫ぶ声が聞こえてくる。左隣からも鳶職の市松《いちまつ》と、女房のお米のいいあう声も聞こえる。

まわりは、いつもと変わらないのに、文史郎の長屋だけ、左衛門の姿がなく、しんと静まり返っていた。文史郎一人だけが朝餉を摂っており、話す相手もいない。

昔、まだ若いころ、文史郎は左衛門がいない生活を望んだこともあった。そのため、左衛門に傳役はいらない、故郷の信州へ帰れ、と何度か命じたこともあった。

左衛門は頑固で、先代の松平貴睦《たかのぶ》様のご命令で傳役をと申し付けられた以上、貴睦様のご命令以外は受け入れられぬと拒まれてしまった。

父貴睦が逝去したあとは、左衛門は遺言として文史郎の傳役を終生勤めよといわれたとして、傳役を辞めることはなかった。

父貴睦が、ほんとうに、そのような遺言を遺《のこ》したか否かは分からないが、文史郎は左衛門の忠義ぶりにほだされ、それ以後は、辞めろといわなくなった。左衛門の頑《かたく》なな態度に、あきらめてしまったところもある。

長年、付かず離れず、いつも影のように傍にいてくれていたために、もはや腐れ縁のように感じてしまっていたのだ。

梅干しの酸っぱい梅肉を噛り、飯を頬張っていると、戸口に大門の下駄の音が響いた。

「殿、おう、食事をなさっておられたか」

大門はずかずかと土間に入ると、下駄を脱ぎ、さっさと部屋に上がった。

「大門、朝飯は？」

「いえ、まだでござる」

「だったら、いっしょに食べよう」

「ありがたく頂戴いたします」

大門は台所へ入ってくると、隅に片付けてあった膳を出し、慣れた様子で、戸棚から茶碗や椀を取り出した。

「左衛門殿は?」

「妙な手紙を置いて、出て行った」

「やはり出て行きましたか」

大門は文史郎に向かい合わせて座り、お櫃からしゃもじで飯を茶碗に盛りつけた。

「大門、おぬし、知っておったのか?」

文史郎は飯を食べる手を休めた。

大門は鍋の味噌汁を椀に移して、ずるずると啜った。

「……左衛門殿は、悩んでおられましたな」

「何を悩んでいたと?」

「殿に、いうべきか、いわざるべきかと」

大門は膳越しに箸を延ばし、文史郎の膳の皿の茄子を摘み上げた。

「これ、頂いてもいいでしょうか」

「おう、食べてくれ」

文史郎はお新香の皿と梅干しの小鉢を大門の膳に移した。

「かたじけない。朝から、どうも腹が減っていかん。うむ、これは美味い」

大門は茄子を頬張り、飯を箸で掻き込んだ。

「大門、爺は何をいうべきか、いわざるべきか、と悩んでいたのだ？」

「……左衛門殿はそれがしに詳しくは話してくれなかったのですが。近々、殿の傅役を辞して、田舎へ帰らねばならなくなったと申しておりました」

「信州へ帰るだと？　何かあったのかな？」

文史郎は首を傾げた。

「左衛門殿は、それを殿にいうべきか、いわざるべきか、と思い悩んでおったのです」

「いうもいわぬもあるまいて。爺が田舎へ帰りたいというならば、余がどうして、いかんというだろうか。事情のいかんを問わず、爺に帰って骨休めをして来い、といっただろうし、いつまでも居たいだけ居ていいぞ、と応えただろうに」

「ふむふむ。そうそう……」

大門は口に飯を頬張りながら、お櫃の米をしゃもじで掬い、茶碗に大盛りに盛った。

「それがしも、左衛門殿にそういったのです。殿のことだから、許すも許さないもない、とですな」

大門は胡瓜の浅漬けをぽりぽりと嚙り、飯を頬張った。ついで味噌汁を啜って、飯を喉に流し込む。

「しかし、爺は、どうして田舎へ帰る気持ちになったのかのう」

「殿、それです。そのこと」

大門はお櫃から飯を残らず茶碗に移しながらいった。

「田舎で何かあったらしいのです。それで、左衛門殿は帰らざるを得なくなったらしいのですな」

大門は茶碗飯に味噌汁をぶっかけた。

ついで梅干しを飯の上に載せ、大口を開いて、味噌汁飯を箸で掻き込みはじめた。

文史郎は大門の食べ方に目をぱちくりさせた。

たちまち、大門は茶碗飯を頬張り、むしゃむしゃと牛のように咀嚼《そしゃく》しながら食べていく。

やがて、大門は豪快に飯を飲みくだすと、最後に梅干しの種をぷいっと膳の上に吐き出した。

「いやあ、食った食った。朝から満腹満腹でござる。茶はありませぬかな」

大門はそういい、立ち上がって竈にかかったままの鉄瓶を持ち上げた。

「茶がなければ、白湯《さゆ》でもいい」

鉄瓶の中の微温湯《ぬるまゆ》を茶碗に注ぎ込み、がぶがぶと白湯を飲みはじめた。

「殿、殿は、いかがですかな？」

大門は唖然として見守っている文史郎に気付いて振り向いた。

「では、それがしにも」

文史郎は空いた茶碗を差し出した。大門は鉄瓶の微温湯を文史郎の茶碗に注いだ。

「爺は、田舎で何があったと申しておった？」

「それは、それがしにもいわなかったのです」

「大門にもいわなかったというのか？」

「はい。いえば、殿も拙者も左衛門殿を心配するだろうからと。だから、左衛門殿が出奔《しゅっぽん》するのも、今日まで黙っていてほしい、と申していました。はい」

大門は太鼓腹を撫で、げっぷをした。

「殿、洗い物はそれがしがいたしましょう。さあ、茶碗の湯をお飲みになって」

「うむ」

文史郎は急《せ》かされて茶碗の湯を飲んだ。

大門は茶碗や箸を洗い場の桶に入れ、さっさと膳を布巾で拭いた。文史郎の膳のものも全部取り上げ、洗い場の桶に入れた。

水甕の水を洗い桶に注いだ。

ついでタワシで皿や茶碗をごしごしと洗いはじめた。

文史郎は洗い場で食器を洗う大門の大きな背中を見ながら、左衛門の身に何があったのだろう、と考え込んだ。

「殿様、お早ようさん」

隣のお福が顔を出した。文史郎は我に返った。

「おう、お福殿、お早よう」

「あら、大門さんも、朝早くからいらっしゃるんですね。ご苦労さま」

「おう、お福さん、お早よう」

台所から大門が愛想よく応えた。

「朝のお食事は、お済みですか?」

「済み申した」文史郎はうなずいた。

「左衛門様は出掛ける前に、今朝の朝食は用意なさるとおっしゃっていたので安心していましたけど」

「お福殿は爺が田舎へ帰るのを知らされておったのか？」

「はいはい。左衛門様から発つまでは、お殿様には内緒にといわれてましてね」

文史郎はいささか衝撃を受け、呆然となった。

――自分だけが、蚊帳の外に置かれていたというのか？

「左衛門様は殿様のことが心配で、出掛け間際までお迷いになっておられました。出掛けて大丈夫だろうか、と。万が一、戻れないようになったら、どうしようか、と迷っておられましたよ」

「なに、爺は万一戻れない場合があるというのか？」

「はい、でも、大丈夫ですよ。私とお米さんとが毎日交替で、朝晩のお食事はご用意しますからね」

お福は背中の赤ん坊をあやしながらいった。

いつの間にかお福の隣からお米が顔を出していた。

お米も笑いながらいった。

「殿、左衛門様は、お殿様に無用な心配をかけまい、としていたのです。お福さんもわたしも、左衛門様から当面の生活費として、一両ずつ頂いておりますから、ご心配なく」

「さすが、左衛門様だ。居なくなったあとのことも、十分に考えて、金をお渡ししておりましたか」

大門は洗い場で食器を洗い終わると、布巾で食器を拭きはじめた。

「お福殿、お米殿には、爺はなんといって出掛けたのかな?」

「いえ、別に。お米さん、何か聴いた?」

「いえ。何も。ただ信州の田舎へ戻らねばならなくなった、といってましたね。きっと里心が付いたんじゃないの」

お米が笑いながらいった。

「里心ねえ」

「冗談ですよ。左衛門様は、田舎へ帰るにしても、うれしそうではなかったですからね」

「では、何をしに田舎へ帰ったのだろうのう」

文史郎は大門に話し掛けた。

大門は台所から出て来ると、上がり框にどっかりと座った。手許に左衛門の煙草盆を引き寄せた。キセルを取り出し、莨《たばこ》を詰めながらいった。

「これは、それがしの勘だが、何か左衛門殿に抜き差しならぬことが起こったらしい」

「例えば、何かね？」

「親が危篤だとか」

「爺の両親は、とっくの昔に亡くなっている」

「では、奥方が病気で危篤だとか、あるいは、めでたい方で、息子、あるいは娘かが、婚礼を上げるとか」

左衛門の奥方は、息子夫婦に大事にされているとは聞いていたが、病気だとは聞いていない。

「しかし、そんなことだったら爺は何も余に隠す必要はあるまいて」

「それはそうですなあ」

大門は火種の炭火に、キセルの火皿をかざし、すぱすぱと旨そうに煙を吸った。

文史郎は考えた。

左衛門は、どうやって田舎の変事を知ったというのだろうか？

誰かが爺に報せたに違いない。では、誰が爺に報せたというのか？

「お福殿、お米殿、爺が田舎へ帰る決心をする前、誰か見知らぬ者が爺を訪ねて来なかったか？」

お福は首を捻った。

「大門は？」

「いえ。知りませんね」

大門はキセルの煙を吹き上げた。煙が輪を作って上って行く。

お米がお福にいった。

「お福さん、数日前に、男の人が訪ねて来たじゃないの」

お米はお福に促した。

「どんな？」

「ほら、中間《ちゅうげん》の……」

「ああ。そうそう。わたし、そういえば、左衛門様がその男の人と出会い、親しげに名前を呼ぶのを聞いたわ」

「なんと申していた？」

「為助《ためすけ》、いや、そうじゃない、為市《ためいち》とか呼んでいた」

「為市」

文史郎は大門と顔を見合わせた。

左衛門が知っている信州松平家の中間小者に為市などといった使用人はいただろうか？

元中間の玉吉なら、為市を知っているかもしれない、と文史郎は手がかりを一つ得たように思った。

二

船頭たちの溜り場は、仕事を終えて引き揚げて来た船頭たちで賑わっていた。

文史郎は、船頭たちの中から玉吉を見付け、船宿の外に連れ出した。

船着き場のある土手の上は、涼風も吹き寄せ、船宿の中よりもよほど涼しく爽やかだ。

玉吉はうなずいた。

「為市という男は知っています。篠塚家で働いていた小者ですよ。だいぶ前になりますが、篠塚丈太郎《じょうたろう》様が江戸詰めを終えて、在所にお戻りになった際に、確か為市もいっしょに在所へ戻ったと思いました」

篠塚家は家禄六百石で、代々御納戸組頭や馬廻り組頭を務めていた。

篠塚家の当主は左衛門が文史郎の傳役となって以来、長男の丈太郎が引き継ぎ、現在に至っている。

「その為市がやって来て、左衛門に何事かを告げたらしいのだ。左衛門は我らの誰にも訳をいわず、ただ田舎へ帰ると言い残して姿を消した」

「篠塚家に何かあったのですかね」

「それをおぬしに調べてもらいたいのだ」

「分かりやした。まだ江戸屋敷には、あっしの知己《ちき》が大勢いやす。呼び出して聞き込んでみましょう」

「頼む。これは当座の資金だ」

文史郎は懐から財布を出した。

「殿様、いりませんよ」

「うむ。だが、話を引き出すのに、金のかかることもあろう。取っておけ」

文史郎は金子《きんす》を取り出し、玉吉の手に押しつけた。

三

四日ほど経った。

文史郎が弥生の大瀧道場で門弟相手に稽古で汗をかいているときに、玄関先に尻《しり》端《ぱし》折《より》姿の玉吉の姿が現れた。

文史郎は稽古を大門に代わってもらい、控えの間に出向いた。

「殿様、分かりやした」

玉吉は手拭いで額や首筋の汗を拭った。急いで走って来たらしい。

文史郎も手拭いで顔や胸元の汗を拭いながら訊いた。

「いったい、何があったのだ？」

「どうやら、左衛門様は、昔、御前試合で打ち負かした仇敵《きゅうてき》から、再び果たし合いを申し入れられ、それを承諾したらしいのです」

「なんだと？　爺が仇敵との果たし合いをするというのか？」

「はい」

「しかし、藩主の許可なき果たし合いは厳禁されているはずだが」

「藩主の松平頼睦《よりのぶ》様が、果たし合いを御認めになられたそうなのです」

「兄上が認めただと？」

文史郎は驚いた。

――兄は左衛門が文史郎の傅役であるのを知っているはずだ。しかも、爺が還暦過ぎの、最早若くはない高齢者であることも。それなのに、なぜ、爺の果たし合いを認めたのだろうか？

信濃松田藩六万石の藩主松平頼睦は、文史郎の腹違いの長兄である。

腹違いといっても、頼睦と義睦《よしのぶ》は正妻の子であり、文史郎の母は側室だった。

文史郎からすれば、長兄の松平頼睦は、歳もだいぶ離れていることもあり、あまり親しく話すことはなかった。兄弟として親しい間柄にあるのは、五つしか歳が離れていない次兄の松平義睦の方で、なんでも相談できるが、さすが長兄は畏れ多くて、近寄り難かった。

それでも、実の兄弟であることには違いない。長兄とは赤の他人よりも心が通じる間柄のはずだった。だから、一言、自分にも相談があってもよかったのではないか。

文史郎は長兄への不満を抱きながらも、それを抑えて玉吉に訊いた。

「して、その仇敵という相手は誰のことだ？」

「真岡福之介《もうかふくのすけ》様とお聞きしましたが、御存知ですか？」

「真岡福之介？」

文史郎は真岡家については知っている。

真岡家は家禄七百石取りで、代々信濃松田藩の家老など要路を務めて来た家格だ。いまも在所で真岡家は誰かが家老になっているのだろう。

だが、真岡福之介については、ほんの微かな記憶しかなかった。左衛門より少々年配で、何か不祥事を起こしたかで藩から罰を受けたことがあったように思った。あまり曖昧な記憶なので、知らないも同然だった。

「どうして、爺の仇敵だというのだ？」

「藩邸にいる年寄りから聴いた話ですが、いまから三十年ほど前の昔のこと、在所で開かれた奉納御前試合で、篠塚左衛門様が勝ち上がり、最後の最後、真岡福之介様と立ち合ったそうなのです。覚えておられませんか？」

「三十年前の御前試合？」

文史郎はまだ五歳の少年だった。記憶を辿ると、確かに、そのころ、護国神社の境内で、御前試合があったのを思い出した。

白い玉砂利が敷かれた境内で、紅白の幕が周囲を囲み、大勢の観客が固唾《かたず》を呑んで試合を見守っている。

文史郎は自分も次兄松平義睦の傍らで、次々に行なわれる試合に見入っていたのを鮮明に思い出した。

左衛門は、当時まだ三十代半ばの颯爽とした剣士だった。その左衛門が次々に立ち合う武芸者に勝ち抜く姿を、子供の文史郎は憧れの眼差しで見つめていた。

「うむ。かすかにだが思い出した。最後の試合が、その真岡福之介殿だったというのか」

「そうだとのことです。当時、真岡家の次男坊であった福之介様は、藩主松平貴睦様のお気に入りで、全国を行脚《あんぎゃ》して剣の武者修行を積んで来た剣客だった。御前試合に勝った暁には、藩の指南役として召し上げられることになっていたそうなのです。……」

文史郎は玉吉の話を聞きながら、目の奥に当時の試合の様子が鮮やかに甦って来た。

試合は袋竹刀で行なわれ、二人は防具なしで立ち合った。

試合は一本勝負。

左衛門と相手は、文史郎の父である藩主貴睦に一礼し合い、十間ほどの間合いをとって左右に分かれた。

――そうだった。相手は柳生新陰流の遣い手、真岡福之介。

文史郎はいまや鮮明に思い出した。

対するは小野派一刀流の大目録を受けた篠塚左衛門。

文史郎は、左衛門が小野派一刀流の剣術の稽古相手を勉《つと》めてくれていたこともあって、左衛門に勝ってほしいと願っていた。

試合は、最初二人が激しく竹刀を打ち合ったあと、互いに飛び退いて、十間ほどの間合いを保ったまま膠着状態になった。

延々と時間だけが過ぎて行くが、二人は微動たりともしない。観客たちは、いったい、どうなるのか、と固唾を呑んで凝視していたが、二人は彫像のように動かない。

真岡福之介は八相に構え、左衛門は正眼に構えていた。

このままでは、やがて日が暮れ、夜になるのではないか、と観客たちがざわざわしはじめた。

文史郎も子供心に退屈になり、あたりの大人たちに目をやったときだった。二人の躯が目にも止まらぬ速さで動いた。

一瞬、二人が交差したと思ったら、左衛門が相手の脇を擦り抜け、竹刀を八相に構えて残心に入った。

真岡福之介は動かず、その場にばったりと崩れ落ちた。真岡の額に巻いた鉢巻きが真っ二つに切れ、真っ赤な血潮が白い玉砂利に飛び散った。

「……左衛門様は、昔、お強かったのですね。真岡福之介様を一瞬にして打ち負かしたということではないですか」

「そうか。思い出した。あのときの爺の相手が真岡福之介殿だったのか」

文史郎は呻くようにいった。

「殿、思い出しましたか」

「うむ。しかし、なぜ、三十年も経ったというのに、真岡福之介殿はまた果たし合いを爺に申し入れたというのだろうか？」

「遺恨があってのことではないか、と」

「遺恨？　しかし、奉納御前試合の勝敗は、互いに遺恨を持たぬことが決まりのはず」

「それはそうですが、真岡福之介様はよほど悔しかったのでしょう。真岡福之介様は負けたことで、武士としての面目が立たず、指南役を辞退し、翌日に姿を消したそうです」

「それは知らなかった」

　文史郎は勝った左衛門のことは覚えていたが、負けた相手のことなど眼中になかった。

「真岡福之介様は、藩主松平貴睦様にお願いしたそうです。再び武者修行の旅に出て、剣の腕を磨いて帰りたい、と。そのときには、いま一度、篠塚左衛門との果たし合いをさせていただきたいと。しかも、真剣による立ち会いをお許し願いたい、と」

「父は許したのだな」

「はい。この度、真岡福之介様から、前藩主貴睦様の署名が入った許可状が藩主の松平頼睦様に提出されているそうです」

「それで、兄上も果たし合いを認めたというのだな」

「おそらく」

「いつ、その果たし合いをするというのだ？」

「一ヵ月後の九月一日と決まったそうです。その日が、かつての御前試合と同じ日だからだそうです」

　文史郎は三十年の歳月をかけて剣の修行をして来た真岡福之介の執念を思った。おそらく、真岡福之介は打倒左衛門を念じて、苛酷な修行を積んできたのに違いない。

　一方の左衛門は、文史郎の傳役を務めることで歳月を費やし、剣の修行らしい修行はしていない。

左衛門がまともに真岡福之介と立ち合ったら、おそらく左衛門は負けるだろう。しかも、袋竹刀ではなく、今回は真剣による果たし合いだ。負けることとは死ぬことを意味する。

それで、左衛門は死を覚悟して、置き手紙をして、出奔したのに違いない。

——爺のやつ。

文史郎は考え込んだ。

なんとか三十年前の遺恨を晴らすための果たし合いを止める手立てはないか？

長兄の松平頼睦に直接願い出て、なんとか果たし合いの許可を取り消してもらう手がある。

玉吉が首を振った。

「いま松平頼睦様は、在所に御戻りになられています」

「在所に戻っておられるのか」

文史郎は唸った。

だったら、文史郎も在所の信濃松田藩に戻り、長兄に御目通り願って果たし合いを止めるようお願いする。

だが、父上の許可状があって、果たし合いを取り消すことができぬといわれたら、残る方法は、文史郎が真岡福之介に会い、遺恨を捨てるよう説得するしかない。真岡福之介が果たし合いを取り下げれば、すべては丸く収まる。左衛門は死なないで済む。

「殿、もしや、殿が在所に戻ろうというのではないでしょうね」

「それしか、方法はあるまい」

「やはり。分かりやした。こうなったら乗り掛かった舟でやす。あっしもお殿様に御供をさせていただきます。お殿様を一人で旅をさせるわけにはいきません」

玉吉は大声でいった。

「その話、それがしも乗った」

背後から大門の声がした。文史郎が振り向くと、大門は手拭いで額や首筋の汗を拭いながら、にんまりと笑った。

「大門、なんの話か分かっておるのか？」

「爺さんを助けに行こうという話でござろう？」

「ほう。おぬし、それがしたちの話を立ち聞きしておったのか？」

「ははは。殿が玉吉と声をひそめて話し合っていれば、それだけで、おおよそ察しはつきますぞ」

大門は大股でどかどかと控えの間に足を踏み入れ、文史郎の傍らにどっかりと胡坐をかいて座った。

「大門、それが、そう簡単には旅に出られないのだ」

「どうしてですかのう？」

「それがしは隠居引退したとはいえ、仮にも那須川藩の元藩主だ。それがしのような者に、そう容易には通行手形が出るとは思えないのだ」

「なるほど。それはそうですな」

「おぬしのような脱藩者も、そのままでは容易に通行手形は出ないと思うぞ」

「ううむ。残る手は……」

大門は腕組みをし、思案気になった。

「なんだというのだ？」

「難儀ですが、関所を避けて裏街道を行くしかありませんな」

文史郎はふと頭にひらめいた。

「いや、通行手形を出してもらう方法がないでもない」

四

文史郎は次兄で大目付の松平義睦に、すべての事情を話した。

文史郎は、単刀直入にいった。

「なんとか、左衛門を助けたいのです。なにとぞ、兄上のお力をお借りいたしたく、お願い申しあげます」

「お願いいたします」

傍らで大門も平伏した。松平義睦は考え込んだ。

「事情はあい分かった。父上も、困ったことをしてくれたものよのう」

「もとはといえば、父上が撒いた種。息子の私どもがその種を拾わねばなりますまい。いえ、兄上の手を煩《わずら》わせるわけにはいきません。それがしが、その種を拾います。長年それがしの傅役として苦労してくれた爺をこのまま見殺しにはできませぬ。在所にいる爺を助けるため、ぜひとも、それがしと大門に通行手形を出していただきたく、お願いいたします」

文史郎は大目付の松平義睦に頭を下げた。

大門も傍らで平伏している。

松平義睦は腕組みをした。

「弱ったな。おぬしも存知ておろうが、それがしは大目付だが、通行手形を出す権限はない。しかも、元藩主の身分を隠して通行手形を出すとすれば、なおのこと。それができるのは道中奉行を兼ねる大目付だ」

大目付は、将軍の代理として、役職に就いている御目見得や大名を監察統制する役目だ。さらに全国の大名や交代寄合、高家《こうけ》の動静を監視したり、諸藩の城の修理拡張や堤防工事などを監察する役目も担っている。

大目付の中には道中奉行を兼任する者もおり、さらに宗門方、鉄砲指物方《さしものかた》などを管理する大目付もいた。

「なにとぞ、道中奉行様に、兄上からよしなにお話しいただけないでしょうか」

「分かった。頼んでみよう」

「ありがたき幸せ」

「ただし、そちたちに通行手形を出す代わりに、何事か公儀の仕事を仰せつかるかもしれぬ。それは覚悟しておくように。よいな」

「ははっ。その公儀の仕事といいますと、どのような?」

「公儀隠密だ」

文史郎は大門と顔を見合わせた。

公儀隠密は、地方の藩を巡り、藩内に不穏な動きはないか、幕府の目を掠《かす》めて、懐を肥やしていないか、不法に武器を購入したり製造したりしていないか等に目を光らせ、大目付に報告する役目である。

「ともあれ、数日待て。いい返事ができるようにしよう」

松平義睦は文史郎に優しくうなずいた。

五

文史郎と大門甚兵衛、玉吉の三人は中仙道《なかせんどう》を急いでいた。

果たし合いの日まで、あと一ヵ月もない。自然に足が早くなるのも無理はない。

松平義睦がいっていたように、文史郎と大門に、公儀から名目の通行手形が与えられた。

関所や諸藩の役人に対し、この手形を所持する者には、できるかぎりの便宜《べんぎ》を計るよう要請した内容の手紙が付記されてあった。

文史郎の身分は道中奉行方与力。大門はその部下同心である。玉吉は二人の下で働く中間《ちゅうげん》だった。

江戸から信濃松田藩の城下町まで中仙道を通り、大人の足でおよそ八日。

一番の難所は上野国《こうずけのくに》から碓氷峠《うすいとうげ》を越えて、信濃国に入る道筋である。

文史郎たちが碓氷峠を越えて、信濃に入り、無事信濃松田藩の城下町に到着したのは、七日目の夕方のことだった。

文史郎は町を遠く囲んでいる峻厳な山岳の峰々が、真っ赤な夕陽を浴びて茜色に染まるのを眺め、しばしの間、言葉もなく見惚れていた。

町の周囲の田園には黄金色の稲穂が風に揺れ、稲田に風紋を作って広がっていく。

稲田の向こう側に、ゆったりした信濃川が流れている。その信濃川は、お堀のように城の北面を巡り、城を守っている。

山も森も川も昔と少しも変わらない。町並みとて、天守閣を頂く城を中心にして、昔のままの佇まいだった。

「殿、いやほんとに美しい風景ですなあ。江戸とはまるで違う。身も心も洗われるような気がしますなあ」

大門も感極まったかのように感嘆した。

「うむ。この地を離れてから十三年か。時の流れるのは早いのう。昔に戻ったような気分だ」

文史郎は次々に去来する懐かしい思い出に胸が詰まった。

玉吉が町並を眺めながら、文史郎に尋ねた。

「殿、そろそろ日が暮れます。今夜は、どこの旅籠に泊りますか？」

町に入ってすぐに旅籠が並んだ通りになる。旅籠の前には、客を引き入れようと客引きの女たちが手ぐすね引いて待ち受けていた。

文史郎は思案した。

実家である松平家に戻れば、おそらく兄者の家族は突然の文史郎の訪問にさぞ驚くことだろう。

きっと文史郎が若月家を若隠居させられたことが伝わっているだろうから、突然の帰郷に何事かと心配をかけることは必定《ひつじょう》だろう。あまり歓迎されないかもしれない。

いずれ、兄の松平頼睦にお目にかかり、左衛門と真岡福之介の果たし合いを止めさせてほしい、とお願いするにせよ、その前にすることがいろいろある。

まずは左衛門を訪ね、左衛門に果たし合いなどしないよう説得する必要があろう。

その上で、真岡福之介にも会い、遺恨を水に流すよう話をする。

それでも、どうしても二人が果たし合いをするようであれば、兄上の松平頼睦に仲裁をお願いするしかあるまい。

そう心が決まると、文史郎は少しばかり気が楽になった。

「まずは、爺の実家の篠塚家を訪ねて、そこに厄介になろう。爺が居れば、我ら三人ぐらいの面倒は見てくれよう」

「そうでござるな。まずは爺さんに会わねば。なにしろ、突然、なんの挨拶もなく、出奔したのですからな。そのくらいの迷惑はかけてもよかろうと存知ますな」

大門は黒髯を撫でながらうなずいた。

玉吉が小首を傾げた。

「殿、その篠塚家は、いずこにあるのか、御存知なのですか？」

「うむ。もう二十年以上も前になるが、道は覚えておる。まずは城へ向かおう。爺の実家は大手門前の上屋敷町にある。ついて参れ」

文史郎は大通りを歩き出した。

大門と玉吉が続いた。

手ぐすね引いて待っていた女の客引きたちが、旅人姿の文史郎たちに、わっと群がって来た。

「御侍様、あたいたちの旅籠にお越しくだせいな。湯で、お背中、流すからさあ」

「あらちょいと。髯のお兄さん、いい男ねえ。うちの旅籠に来なせいな。可愛がってあげるからさ」

「上品で粋な若殿さま、さあさ、うちの旅籠でゆっくり旅の汗をお流しな」

「こっちよこっち。あっちは高いだけだからね。お侍さん、あんたはこっち」

女たちは姦《かしま》しく騒ぎながら、文史郎や大門の袖や腕を取り、引っ張り合いながら、自分の旅籠へ連れて行こうとした。

「おうおう、分かった分かった」

大門は女たちに両腕を取られて、嬉しそうに笑った。

「待て待て。それがしは違う」

文史郎も女たちに囲まれ、旅籠へ連れ込まれようとしている。

「おい、退け退け」

玉吉が大声で怒鳴り、文史郎に群がる女たちを引き剝がした。

「泊りではない。泊りではないぞ。この方たちは府内からご帰還なされたところだ」

「なーんだ。在所のお侍かよ」

「そんなら、そうと先にいってくれなきゃあ」

女たちはぶつぶつ文句をいい、次の獲物を探して、文史郎や大門から離れて行く。

「おう、ひどい目に遭うた」

大門は名残り惜しそうに女たちを目で追いながら、着物の乱れを直した。

「大門、結構楽しんでおったではないか」

「いや、殿も……」

大門はいいかけて、通りすがりの人を指差した。

「あれは、左衛門殿ではないか？」

「なに？」

文史郎は大門が指差す先を見た。

小者を連れた左衛門が両手を上げて叫んでいた。

「殿、殿！　やっぱり殿だ」

左衛門はあたふたと駆けて来た。

通行人たちが驚いて振り返っていた。

「だ、大門殿までおられるとは。それに玉吉まで」

「爺、無事だったか」

文史郎は駆け寄った左衛門を受けとめた。

　左衛門は、その場に座り込んだ。

「殿、いったい、どうしてこんなところに御出でなのですか？」

「爺、まあ、立て。みなが見ているではないか」

　文史郎は左衛門を引き起こした。

「殿は、いったい、どちらへお越しになろうと？」

「爺、おぬしこそ、余に黙って出奔しおって。訳は聞いたぞ。それで、こうして大門ともども駆け付けたのだ」

「な、なんと、爺を追っていらしたと」

　大門は左衛門の肩をぽんと叩いた。

「そうだぜ、爺さん。あんたを追って何千里だ。殿は、おぬしが果たし合いをするというので、止めに来たんだぜ」

「なんと、そうでござったか。しかし、申し訳ありませぬが、これればかりは、拙者の武士の一分《いちぶん》が」

　左衛門は頭を振った。

「まあ、待て。その話は、こんな立ち話ではできぬ。爺、実は、これからおぬしの家を訪ねようとしていたところだった」

「おう、そうでございましたか。どうぞどうぞ。拙宅は、すでに長男丈太郎のものですが、三人くらいは泊まる部屋はございます」

左衛門は、近くで呆然としている小者に命じた。

「為市、おまえは先に戻って、これこれしかじかと家の者に伝えなさい。これから、わしが殿たちを案内して戻るから、お出迎えの用意をしておくようにと」

「へえ。旦那さま」

「風呂も立てておくのだぞ」

「へい」

為市と呼ばれた小者は小走りに通りを駆け去った。

「ともあれ、我が家へ。遠路はるばる、ようこそ御出でいただきました。まずは、旅の汗をお流しいただきとうございます。話は、そのあとでゆっくりと」

左衛門は嬉しそうに文史郎や大門の先に立ち、町を案内するように歩き出した。

六

湯を上がり、すっかりくつろいだ文史郎と大門は客間で左衛門や篠塚家の家督を継いだ丈太郎と膳を囲んで酒を飲み交わした。

「爺、さっそくだが、真岡福之介との果たし合い、取りやめにしないか？」

文史郎は左衛門に盃を渡しながらいった。左衛門は盃を受け取った。文史郎は、その盃に徳利の酒を注いだ。

「いくら殿のご命令であっても、それだけはできませぬ」

左衛門は頑なに拒んだ。丈太郎が嘆くようにいった。

「お殿様、父上は、どうしても、いうことを聞かないのです」

「なぜ、果たし合いをやめぬ？」

「どうしてもです」

左衛門は盃をあおった。盃の雫《しずく》を切り、文史郎に返した。

「訳を聞かせてくれぬか」

「拙者は武士。武士の一分《いちぶん》です。ここで引く訳にはいきません」

「武士の一分か。弱ったのう」

文史郎は大門を見た。大門は頭を振った。

「左衛門殿、もし、相手の真岡福之介殿が、果たし合いの申し込みを取り下げたら、果たし合いをやめてもいいのだろう？」

「もちろん。そうですが、真岡福之介は、決して取り下げることはありますまい。一度、言い出したら、あとには引かない男ですから」

「そうか」

文史郎は左衛門の心中を思い、盃の酒を飲み干した。いくら飲んでも、今宵の酒は酔えそうにない。

文史郎は大門と顔を見合わせた。大門も半ばあきらめた顔をしていた。

七

翌日、文史郎は城に上がり、藩主松平頼睦に御目通りを願った。

文史郎の突然の訪問に、松平頼睦は驚くとともに、大いに喜び、さっそくに面会を許した。

文史郎は小姓に案内され、書院に通された。

書院の前の廊下に座り、書院の中で書き物をしている松平頼睦に平伏した。

「兄上、まことにお久しうございます」

「おう、文史郎、来たか。もそっと近こう寄ってはっきり顔を見せよ」

「ありがたき幸せ」

文史郎は膝行《しっこう》し、兄の前に進み出た。

「ご尊顔を拝謁し、お元気なご様子、まことに恭悦至極に……」

松平頼睦は文史郎の挨拶を遮《さえぎ》った。

「よせよせ。他人行儀な。文史郎、歳は離れているが、おぬしと余は血の繋がった兄弟だ。堅苦しい挨拶は抜きにしよう。昔のように気さくに話そうではないか。いいな」

「ははあ。畏れ入ります」

「またまた堅苦しい。さ、膝を崩せ。胡坐をかけ。拙者もそうするぞ」

松平頼睦は正座をやめ、座布団の上に腰を下ろして、胡坐をかいた。文史郎も畳の上に胡坐をかいて座った。

「おい、誰か。茶を持て」

松平頼睦は小姓に命じた。小姓は返事をし、すぐさま書院から出て行った。

松平頼睦は文史郎に向き直った。

「ほんとうに久しぶりよのう。最後に会ってから何年になるかのう」

「およそ十三年ほどか、と」

「そんなものかのう。文史郎、いや、いまは若月丹波守清胤だったな」

「兄上、先年、若隠居を余儀なくされ、いまは勝手ながら元の名前に戻っております」

「ははは。聞いておるぞ。少々、きばりすぎたのであろう。文史郎は、稚《おさな》いころからせっかちなところがあったからのう。すぐに結果を出そうと焦るとろくなことはない。おぬしが婿養子に入る前に、よく教えておけばよかった、と余は後悔しておる」

「耳に痛いお話でございますな」

文史郎は頭を掻いた。

「若隠居の身なのに、よくぞ、はるばる在所の信濃松田まで参ったのう。物見遊山か、それとも、何か目的があっての旅か」

「お願いの儀がございまして、こちらへ上がりました」

「願いの儀だと？　なんの願いだ？」

「実は、それがしの傅役、篠塚左衛門と、真岡福之介殿の果たし合いのことです」

「おおそうか。篠塚左衛門は、おまえの傅役だったのだのう。余も、それを聞いて驚いておったところだ」

「二人の果たし合いをお許しになったとか。その許可をお取り消し願いたいのです」

「ふうむ。そのことか」

松平頼睦は溜め息をついた。

「余も、真岡福之介から申し出があったとき、いったんは駄目だと許可しなかった。ところが真岡福之介は登城して、亡き父上の遺言ともいうべき、果たし合い赦免状を余に提出したのだ」

「亡きお父上の……」

やはりそうだったのか、と文史郎は心の中で思った。

「もし、余が果たし合いを許可しなかった場合、真岡福之介は、この場にて腹かっさばいて果てるつもりだと、諸肌《もろ》脱ぎになりおった」

「……真岡福之介殿は、いかな男なのでしょうか？」

「うむ。おまえも会えば判《わか》るだろうが、もう古希《こき》になろうと思われるご老体で、そうだのう、あまりに痩せ細っていて、まるで幽鬼か骸骨か、というような御仁だ」

「幽鬼か骸骨？」

「ともあれ、鬼気迫るご老体だった。余が、もし許可を出さなかったら、真岡福之介は本気で腹を切るつもりだったと思う」

「…………」

「真岡福之介自身はいわなかったが、付き添いの真岡家の者によると、真岡福之介は三十年にわたり、果たし合いに備えて、切磋琢磨し、剣の腕を磨いて参ったそうだ。全国を武者修行で行脚し、何年も山に籠もって、修行を積んだ。すべて、篠塚左衛門との再度の立ち会いに備えてのこと、それをいま中止せよ、といわれるのなら、死ねといわれるのと同じと申しておった。父上の遺言でもあり、余は迷った末に、果たし合いを許可したのだ」

「ううむ。確かに難儀な」

文史郎は唸った。

「文史郎、おぬしなら、余の立場に立たされたら、いかがいたす？」

松平頼睦は文史郎を覗き込んだ。

「おそらく、兄上と同じように許可してしまうでしょう」

「そうであろう？」

松平頼睦は満足気にうなずいた。

これでは、真岡福之介に会っても、事はそう容易には進まないだろう、と文史郎は覚悟をした。

八

真岡家は上屋敷町の一角にあった。代々家老を出している家格だけあって、その屋敷も城代家老に次ぐほど大きい邸宅だった。

文史郎と大門は客間に通され、いったんは家父長の真岡清喬《きよたか》が現れて応対したものの、奥へ姿を消し、しばらくの間、待たされていた。

屋敷の中は、しんと静まり返り、まるで人気《ひとけ》がない空き家のようだった。

庭の樹木から、夏の終わりを告げるひぐらしの鳴く声が響きわたっている。

やがて、奥から真岡清喬が静々と客間に現れた。

「お待たせいたしております。申し訳ございませんが、今日のところは、お引き取り願えませんでしょうか」

「どうしても、真岡福之介殿にはお会いできませぬでしょうか？」

「申し訳ございませぬ。本人がお会いしたくない、と申しておりますのです」

「そこを曲げて」

「それがしも、父に、再再度お願いいたしたのですが、どうしても会いたくない、と頑固に申しておるのです。どうか、ご容赦いただきたく。まこと申し訳ありませんが、お二人にはお引き取り願えませんでしょうか」

真岡清喬は文史郎と大門に平伏して詫びた。

文史郎は憮然として腕組みをした。

「拙者、藩主松平頼睦の弟として、こちらに参っておる。真岡福之介殿にお目にかかれず、このままでは、どうしても引き揚げるわけにいき申さぬ」

「松平頼睦様の弟様であることは、重々存知ております。ですが、そこを曲げて重病人の我儘を聞いていただきたいのです」

大門が口を開いた。

「な、なんと申された？　重病人と申されるのは誰のことでござるか？」

「これまで黙っておりましたが、父福之介のことにございます」

「いかな病でござるのか？」

「内密にお願いいただけましょうか？」

「もちろんのこと」

文史郎は大門といっしょにうなずいた。

「父福之介は不治の病に倒れ、明日をも知れぬ容態なのです」

「まさか。しかし、どのような病だと」

「医者によれば、腹部の肝の臓に拳ほどの硬いしこりがあるとのこと。それが次第に大きくなり、いつか死に至るとの由。この病に罹った者は、余命一ヵ月、保《も》っても三ヵ月とのことでした」

「な、なんと、余命一ヵ月から三ヵ月とな？」

「はい。ですから、息子のそれがしとしては、父には死ぬ前に存分に思いを遂げさせたい、と思っておるのでございます」

「では、果たし合いは、お父上の最期の願いだとおっしゃるのか？」

「はい。その通りにございます。その一事のため、三十年、打倒左衛門殿を念じて、修行を続けてきて、ようやくに戻って来たところだったのです。その思い、息子として晴らしてあげたいと」

「なるほど。そういうわけでござったか」

文史郎は腕組みをして、考え込んだ。

「それは、相手の左衛門も存知ておるのか？」

「いいえ。知らぬこと、と思います。父は、決して篠塚左衛門殿に知られるようなことがないように、と我が家の者たちに釘を刺しております。左衛門殿が知ったら、きっと立ち合いで手を抜き、本気で斬り合わぬだろうと」

「ううむ」

文史郎は唸った。左衛門のことだ、さもありなん、と思った。

「しかし、真岡福之介殿は、そんな病の身で、果たし合いに臨めるのですかな？」

「父はそれを楽しみに、いや最期の生きがいとして生きております。ですから、果たし合いを中止せよ、とのお話は、お受けすることはできませぬ」

「なるほど。判り申した」

真岡福之介は余命が短いのを悟り、もはやこれまでと、せめて果たし合いで左衛門に斬られて死ぬのを望んでいるのかもしれなかった。それでは、真岡福之介に思い止《とど》まらせるのはできぬことだな、と文史郎は思った。

真岡清喬は神妙に付け加えた。

「それから、くれぐれも、左衛門殿には、父の病状を内密にお願いいたします。それが父の文史郎様たちへのお願いでもあります」

「判り申した」

文史郎はうなずき、大門と顔を見合わせた。

大門も止むを得ないでしょう、という顔をしていた。

九

文史郎は上屋敷町の通りを歩きながら、大門にいった。

「弱ったのう。大門、いかがいたしたらよかろうのう」

「この際ですから、果たし合いをさせたら、いかがでしょうか？　相手が重病人だったら、いかな剣豪でも戦うのは無理でしょう。左衛門殿が負けるとは思えない」

大門は頭を振った。

「そこだ、大門。もしや、爺は真岡福之介が不治の病に罹り、明日をも知れぬ身だということを存知ているのではないか、と思うのだ」

「左衛門殿が、相手が重病人であることを知っているというのですか」

「爺のことだ。だから、相手の申し出に、あえて応じたような気がするのだ」

「すると、もしや左衛門殿は死ぬつもりで……」

「そうなんだ。爺は、せめて相手の最期の思いを果たさせてやるべく、自ら斬られて負けてやろうと思っているのではないか、という気がしてならないのだ」

文史郎は歩きながら、頭を振った。

大門がいった。

「では、左衛門殿に直接問いただしましょう。相手が重病人だと知っていて、わざと負けるつもりなのか、と」

「大門、それでは、万が一、爺が真岡福之介が重病人であることを知らなかった場合、報せることになってしまうではないか。それでは、真岡福之介との信義を裏切ることになるぞ」

「ううむ。そうか。参ったな。では、殿、いかがいたしましょうぞ」

大門は首を捻った。文史郎は考え込みながらいった。

「しばらく爺の様子を見よう。相手の病気のことを知っているのか否かを見極めて対処せねばなるまいて」

「確かに」

大門も溜め息をつきながらうなずいた。

十

そのまま、十日が過ぎ、二十日が経った。

文史郎も大門も手をこまねいたまま、とうとう果たし合いの当日が来てしまった。

果たし合いの場は、昔と同じ城山の上にある護国神社の境内に決まった。

紅白の幕が張り巡らされ、神社の正面に式台が設置され、そこに藩主松平頼睦が座って、試合を観閲する運びになった。

控えの間には、小袖に黒い袴姿の左衛門が床几《しょうぎ》に座り、瞑目していた。額には白鉢巻きをしている。

文史郎は大門とともに、最後の励ましに、控えの間を訪れ、左衛門に対面した。

文史郎は左衛門に尋ねた。

「爺、いかがいたすつもりだ？」

「……と申しますと？」

「爺、相手のこと、よく存知ておるのか？」

「はい、一応は」

左衛門は静かに応えた。大門がじれったそうに訊いた。

「真岡福之介のすべてを知っているのか、と殿はお訊きになっておられるのだ」

「ですから、存知ているつもりです」

左衛門は不審気に首を傾げた。

この期《ご》に及んで、いったい何をいいたいのだ、という顔付きだった。

「爺、まさか、おぬし、わざと相手に負けようと思うておらぬだろうな」

「…………」左衛門は黙った。

「左衛門殿、まさか、おぬし死ぬつもりではないよな」

大門が急かすように聴いた。左衛門は静かに頭を左右に振った。

「勝敗は時の運でござる。死ぬか、生きるかは、すべて天命。最近、爺はそう悟りました」

文史郎は大門と顔を見合わせた。

太鼓の音がどどどんっと響き渉った。

いよいよ、果たし合いの刻《とき》になったのだ。

幕が左右に開かれ、白洲が目に入った。

「爺、死ぬなよ」文史郎はいった。

「左衛門殿、勝て。勝ってくだされ」

左衛門は静かにうなずいた。

大刀を腰に差し、胸を張って、白洲へ踏み出して行く。

文史郎と大門は急いで、控えの間から、観客席へと戻った。そこには、果たし合いを聞き付けた町民や武士たちが大勢詰め掛け、固唾を呑んで白洲の試合場を眺めている。

空には太陽が輝いていた。風がそよぎ、松の枝を揺らしていた。

文史郎は、ふと三十年前にも、よく似た光景があったのを思い出していた。

対戦相手の真岡福之介が現れた。真岡福之介は、白鉢巻きに白い袴、白装束に身を包んでいる。

文史郎は真岡福之介を見て、背筋がぞくりとするのを感じた。兄者松平頼睦がいっていたように、真岡福之介は痩せ細り、まるで幽鬼か骸骨が白装束姿になっているかのようだった。

観衆も、真岡福之介の姿を見て、しーんと静まり返った。

真岡福之介と左衛門は、互いに中央に進み出て、松平頼睦に深々とお辞儀をした。

文史郎は、真岡福之介のしっかりと歩く姿、堂々とした立ち居振る舞いを見て、死を間近にした人間だとは思えなかった。

大門も同じ印象を受けた様子で、文史郎に囁いた。

「もしや真岡福之介に計られたのでは？」

「かもしれぬな」

文史郎は、事前によほど左衛門に報せようか、と思っていた真岡福之介の話をしなくてよかった、と心に思った。

左衛門と真岡福之介は、互いに一礼し合い、左右に分かれて対峙《たいじ》した。

間合い十間。

左衛門はすらりと腰の大刀を抜き、正眼に構えた。

対する真岡福之介は大刀を抜いたものの、だらりと下げて、左衛門に対した。

判じ役の武士が二人の間に立ち、大声で叫んだ。

「はじめ!」

左衛門は、大刀を正眼から徐々に上段に引き上げた。

真岡福之介は、大刀の切っ先を足許の砂地に突き立て、くるりと刃を返して、左衛門に向けた。左手で柄頭《つかがしら》を押さえ、右手を柄の鍔《つば》のあたりにあてたままでいる。

左衛門は上段に刀を振り上げたまま、じりじりと歩を進めはじめた。

文史郎は真岡福之介の構えをじっと観察した。

その構えから真岡福之介の意図を察した。

真岡は左衛門が斬り間に飛び込むのを待っている。

左衛門が斬り間に飛び込み、上段から打ち下ろす瞬間、真岡は下から刀を撥ね上げ、左衛門の軀を股間から斬り上げようというのだ。

刀を地面に突き立てたままなので、重い刀を持って体力を消耗することはない。ただ相手が飛び込むのを待つだけの必殺剣だ。

左衛門は、それを察知したのか、じりじりと左に回りはじめた。

真岡もそれに応じて、刃を左衛門に向けたまま、左衛門に合わせて、左に回る。

左衛門の動きは続き、とうとう真岡福之介の周囲を一周して、また元の位置に戻った。

そのまま、二人はじっとして、微動だにもせず動かなくなった。

文史郎は左衛門の心中を思った。

上段に構えた大刀は、熟練者でも、じっと同じ姿勢を取っていれば、かなり重くなってくる。いつか、その重さに耐えかねて、斬り下ろすことになる。

相手の真岡福之介は、それを十分に読んで、従来の構えにない変則下段の構えを取っている。

風が凪ぎ、陽光がじりじりと白洲の二人を照らしていた。

左衛門の額や首の周りに汗が噴き出ているのが傍目《はため》にも分かる。一方の真岡福之介は、平然として汗をかいている気配もない。

「大丈夫ですかのう」

大門が心配して文史郎に囁いた。

「……うむ」

爺のことを信じるしかない、と文史郎は思った。

時間が刻々と過ぎて行く。

二人は構えたまま、動かずにいる。

退屈した観客たちが騒《ざわ》めいた。

文史郎は既視感を覚えた。稚かったころに見た左衛門と真岡福之介の立ち合いにそっくりだった。ただ構えが違うだけだ。

文史郎は、そろそろ決着の刻が来るのが分かった。子供のころは見逃したが、その瞬間を見たいと思った。目を凝らし、真岡福之介と左衛門の動きを睨んだ。

天空を小鳥が過《よぎ》った。

その瞬間、左衛門の軀が斬り間に飛び込むのが見えた。

文史郎は、いかん、と叫んだ。

左衛門は、斬られるのを知っていて、飛び込んでいく。

真岡福之介の刀がきらめき、切っ先が下から弧を描いて撥ね上がった。砂が弾け飛んだ。

同時に左衛門の刀が、上から下へ弧を描いて振り下ろされた。

「おおう」

大門が唸った。文史郎も思わず息を呑んだ。

左衛門の刀が白装束の真岡福之介を斬った。血潮が飛沫《しぶき》となって噴き出した。

撥ね上がった真岡の刀も左衛門の肩口を斬り上げた。左衛門の軀からも鮮血が噴き出した。

真岡福之介はばったりと大刀を落とし、膝から崩れ落ちた。

左衛門は、いったん地べたに蹲ったものの、大刀を杖代わりにして立ち上がった。

真岡福之介を見下ろしながら、残心の構えを取った。

「この勝負、篠塚左衛門の勝ち」

判じ役の武士が高らかに叫んだ。

「爺!」

文史郎と大門は白洲に駆け込んだ。玉吉も続いた。

残心の構えを取った左衛門は、荒い息をつきながら、大丈夫、と文史郎と大門を制した。

左衛門は足許に倒れた真岡福之介に屈み込んだ。

白装束を真っ赤に染めた真岡福之介が、左衛門に顔を向け、にやりと笑った。

「左衛門、さすがだ。拙者の秘太刀孤剣、よくぞ破った。わしの負けだ」

真岡清喬が駆け寄った。

「父上、しっかり」

「清喬、これで武士として死ねる。本望だ。遺恨は持つな」

「はい、父上」

「左衛門……済まなかった」

「おぬし、はじめから、それがしに斬られるつもりだったのだな?」

「……かたじけない」

真岡福之介は、目を閉じた。がっくりと首を落とした。

「爺、傷の手当てを」

「なんのこれしき。真岡のやつ、わざと急所を外しやがった」

左衛門は右の肩口に開いた傷を見せた。ざっくりと切り裂かれた小袖から、傷口が見えた。

出血はしているが、深手ではない。

「左衛門様、手当てをいたします」

玉吉が清潔な手拭いを傷口にあて止血した。

文史郎は左衛門に尋ねた。

「爺も相討ちで死ぬつもりだったのではないか？」

「はい。それがし、正直、今度は討たれてやろう、と思ったのに」

左衛門は真岡福之介の遺体を見下ろしながら、頭を振った。

「真岡福之介が不治の病だと知っていたのか？」

「もちろん、知っていました」

「誰から聞いたのだ？」

「藩主松平頼睦様からです」

「なんと、兄者からか」

「はい。真岡福之介は不治の病で、明日も知れぬ身だから、果たし合いをやめぬか、といわれていたのです」

「そうだったのか」

「爺は断りました。真岡福之介の最期の願いである、それがしとの果たし合い、武士として受けて立ちます、と。それが、拙者の武士の一分《いちぶん》と申し上げたのです」

文史郎は、松平頼睦が座っていた式台に目をやった。

すでに松平頼睦は家来たちとともに引き揚げ、姿はなかった。

「爺、また江戸へ戻ってくれるか」

「もちろんでござる。それがしは、終生、殿の傅役でございます。それに殿は爺がいないと、何もできませんからな。大門殿ではあてにならないし」

左衛門はにっと笑った。

文史郎は大門、玉吉と顔を見合わせて笑った。

十一

文史郎は、大川端のいつもの場所で、釣り糸を垂れていた。

江戸は、すっかり秋めいていた。風も北からの冷たい風になり、落葉が風に舞っている。

橋を渡る下駄の音が響いた。

大きい音と、小さい足音。

大門と左衛門がやって来た、と文史郎は思った。

「殿、殿」

　左衛門が大声で呼んだ。

「口入れ屋の権兵衛から、仕事の依頼ですぞ。そんなのんびり釣りをしている場合ではありません」

「殿、今度の仕事は、ちと実入りが良さそうですぞ」

　大門の嬉々とした声も聞こえた。

　そのとき、川面を漂っていた浮きが水中に消えた。竿が大きくしなり、大物がかかった気配がした。

「殿」

　左衛門と大門が駆け寄った。

「待て、引いておる」

　文史郎は釣り竿を引き揚げた。瞬間、しなっていた竿が軽くなった。

「しまった。取り逃がしたか」

「え、釣れましたか？」

　左衛門が訊いた。

「いま見ていたろう。こんな大物だった」

文史郎は両手を大きく拡げた。大門が嘲《せせ》ら笑った。

「殿、釣り逃がした魚は大きいと申しますぞ。今度の仕事、ほかの人に奪われる前に、わしらで受けないと」

「そうですぞ、殿。さ、魚なんて放って、行きましょう」

左衛門が文史郎の釣り道具をさっさと片付けはじめた。

大門が文史郎の躯を押した。文史郎は名残り惜し気に釣り逃がした魚を振り返りながら、口入れ屋の清藤へ急ぎはじめた。

時代小説

二見時代小説文庫

夜《よる》の武士《もののふ》　剣客相談人《けんかくそうだんにん》6

著者　森《もり》 詠《えい》

発行所　株式会社 二見書房
東京都千代田区三崎町二－一八－一一
電話　〇三－三五一五－二三一一［営業］
　　　〇三－三五一五－二三一三［編集］
振替　〇〇一七〇－四－二六三九

印刷　株式会社 堀内印刷所
製本　ナショナル製本協同組合

落丁・乱丁本はお取り替えいたします。
定価は、カバーに表示してあります。

 ISBN978－4－576－12128－4
http://www.futami.co.jp/

剣客相談人 長屋の殿様 文史郎

森詠［著］

若月丹波守清胤、三十二歳。故あって文史郎と名を変え、八丁堀の長屋で貧乏生活。生来の気品と剣の腕で、よろず揉め事相談人に！心暖まる新シリーズ！

狐憑きの女 剣客相談人2

森詠［著］

一万八千石の殿が爺と出奔して長屋暮らし。人助けの万相談で日々の糧を得ていたが、最近は仕事がない。米びつが空になるころ、奇妙な相談が舞い込んだ…

赤い風花《かざはな》 剣客相談人3

森詠［著］

風花の舞う太鼓橋の上で旅姿の武家娘が斬られた。瀕死の娘を助けたことから「殿」こと大館文史郎は巨大な謎に立ち向かう！大人気シリーズ第3弾！

乱れ髪 残心剣 剣客相談人4

森詠［著］

「殿」は、大川端で心中に見せかけた侍と娘の斬殺死体を釣りあげてしまった。黒装束の一団に襲われ、御三家にまつわる奥深い事件に巻き込まれていくことに…！

剣鬼往来 剣客相談人5

森詠［著］

殿と爺が住む八丁堀の裏長屋に男装の女剣士が来訪！大瀧道場の一人娘・弥生が、病身の父に他流試合を挑む凄腕の剣鬼の出現に苦悩、相談人らに助力を求めた！

進之介密命剣 忘れ草秘剣帖1

森詠［著］

開港前夜の横浜村近くの浜に、瀕死の若侍を乗せた小舟が打ち上げられた。回船問屋の娘らの介抱で傷は癒えたが記憶の戻らぬ若侍に迫りくる謎の刺客たち！

二見時代小説文庫

流れ星　忘れ草秘剣帖2

森詠［著］

父は薩摩藩の江戸留守居役、母、弟妹と共に殺されていた。いったい何が起こったのか？記憶を失った若侍に明かされる驚愕の過去！大河時代小説第2弾！

孤剣、舞う　忘れ草秘剣帖3

森詠［著］

千葉道場で旧友坂本竜馬らと再会した進之介の心に疾風怒涛の魂が荒れ狂う。自分にしかできぬことがあるやらずにいたら悔いを残す！好評シリーズ第3弾！

影狩り　忘れ草秘剣帖4

森詠［著］

江戸城大手門はじめ開明派雄藩の江戸藩邸に脅迫状が張られ、筆頭老中の寝所に刺客が……。天誅を策す「影法師」に密命を帯びた進之介の北辰一刀流の剣が唸る！

神の子　花川戸町自身番日記1

辻堂魁［著］

浅草花川戸町の船着場界隈、けなげに生きる江戸庶民の織りなす悲しみと喜び。恋あり笑いあり人情の哀愁あり、壮絶な殺陣ありの物語。大人気作家が贈る新シリーズ！

女房を娶《めと》らば　花川戸町自身番日記2

辻堂魁［著］

奉行所の若い端女《はしため》お志奈の夫が悪相の男らに連れ去られてしまう。健気なお志奈が、ろくでなしの亭主を救い出すため、たった一人で実行した前代未聞の謀挙とは…！

北瞑の大地　八丁堀・地蔵橋留書1

浅黄斑［著］

蔵に閉じ込めた犯人はいかにして姿を消したのか？岡っ引き喜平と同心鈴鹿、その子蘭三郎が密室の謎に迫る！捕物帳と本格推理の結合を目ざす記念碑的新シリーズ！

公家武者 松平信平《のぶひら》 狐のちょうちん

佐々木裕一［著］

後に一万石の大名になった実在の人物・鷹司松平信平。紀州藩主の姫と婚礼したが貧乏旗本ゆえ共に暮せない。町に出ては秘剣で悪党退治。異色旗本の痛快な青春

姫のため息 公家武者 松平信平2

佐々木裕一［著］

江戸は今、二年前の由比正雪の乱の残党狩りで騒然。背後に紀州藩主頼宣追い落としの策謀が……。まだ見ぬ妻と、舅を護るべく公家武者の秘剣が唸る。

四谷の弁慶 公家武者 松平信平3

佐々木裕一［著］

千石取りになるまでは信平は妻の松姫とは共に暮せない。今はまだ百石取り。そんな折、四谷で旗本ばかりを狙い刀狩をする大男の噂が舞い込んできて……。

暴れ公卿 公家武者 松平信平4

佐々木裕一［著］

前の京都所司代・板倉周防守が黒い狩衣姿の刺客に斬られた。狩衣を着た凄腕の剣客ということで、疑惑の目が向けられた信平に、老中から密命が下った！

枕橋の御前 女剣士 美涼1

藤水名子［著］

島帰りの男を破落戸から救った男装の美剣士・美涼と剣の師であり養父でもある隼人正を襲う、見えない敵の正体は？ 小説すばる新人賞受賞作家の新シリーズ！

姫君ご乱行 女剣士 美涼2

藤水名子［著］

三十年前に獄門になったはずの盗賊と同じ通り名の強盗が出没。そこに見え隠れする将軍家ご息女・佳姫《よしひめ》の影。隼人正と美涼の正義の剣が時を超えて悪を討つ！

はぐれ同心 闇裁き 龍之助江戸草紙
喜安幸夫［著］

時の老中のおとし胤が北町奉行所の同心になった。女壺振りと島帰りを手下に型破りな手法と豪剣で、悪を裁く！ワルも一目置く人情同心が巨悪に挑む新シリーズ

隠れ刃 はぐれ同心 闇裁き2
喜安幸夫［著］

町人には許されぬ仇討ちに人情同心の龍之助が助っ人。敵の武士は松平定信の家臣、尋常の勝負はできない。〝闇の仇討ち〟の秘策とは？大好評シリーズ第2弾

因果の棺桶 はぐれ同心 闇裁き3
喜安幸夫［著］

死期の近い老母が打った一世一代の大芝居が思わぬ魔手を引き寄せた。天下の松平を向こうにまわし龍之助の剣と知略が冴える！大好評シリーズ第3弾

老中の迷走 はぐれ同心 闇裁き4
喜安幸夫［著］

百姓代の命がけの直訴を闇に葬ろうとする松平定信の黒い罠！龍之助が策した手助けの成否は？これぞ町方の心意気、天下の老中を相手に弱きを助けて大活躍！

斬り込み はぐれ同心 闇裁き5
喜安幸夫［著］

時の老中の家臣が水茶屋の妓に入れ揚げ、散財しているという。極秘に妓を〝始末〟するべく、老中一派は龍之助に探索を依頼する。武士の情けから龍之助がとった手段とは？

槍突き無宿 はぐれ同心 闇裁き6
喜安幸夫［著］

江戸の町では、槍突きと辻斬り事件が頻発していた。奇妙なことに物盗りの仕業ではない。町衆の合力を得て、謎を追う同心・鬼頭龍之助が知った哀しい真実！

口封じ はぐれ同心 闇裁き7
喜安幸夫［著］

大名や旗本までを巻き込む巨大な抜荷事件の探索を続ける同心・鬼頭龍之助は、自らの〝正体〟に迫り来たる影の存在に気づくが……大人気シリーズ第7弾